あっぱれ街道
小料理のどか屋 人情帖21
倉阪鬼一郎
JN199627
時代小説
二見時代小説文庫

あっぱれ街道――小料理のどか屋人情帖21

目次

第一章　甘藷（かんしょ）の力身にたくはへて江戸の民　7
第二章　江戸の春ここに幸あり豆腐飯　27
第三章　梅おかか恵みはすべて皿の中　51
第四章　絶景や飯も魚も烏帽子（えぼし）なり　73
第五章　千住（せんじゅ）なる宿の恵みは鰻茶（うなちゃ）かな　96
第六章　きみ食はずや黄身酢（きみず）の冴えし一料理　116

第七章　なつかしきものすべてあり今朝の膳　146
第八章　剣と包丁腕に覚えの男ゐて　177
第九章　鳥帰る空は天晴(あっぱ)れ蔵も「天晴(あっぱれ)」　207
第十章　千の吉つらねてあっぱれ街道や　235
第十一章　流山(ながれやま)ほまれのその名いつまでも　268
終　章　光あれ恵みの水はかなたより　289

あっぱれ街道　小料理のどか屋 人情帖21・主な登場人物

時吉……神田横山町の、のどか屋の主。元は大和梨川藩藩士・磯貝徳右衛門。

千吉……時吉の長男。左足が不自由だったが名医考案の装具で走れるほどになる。

大橋季川……季川は俳号。のどか屋の常連、おちよの俳句の師匠でもある。

おちよ……時吉の女房。時吉の師匠、長吉の娘。

長　吉……浅草は福井町でその名のとおり、長吉屋という料理屋を営む。時吉の師匠。

安東満三郎…隠密仕事をする黒四組のかしら。甘いものに目がない、のどか屋の常連。

万年平之助…黒四組の隠密廻り同心。のどか屋で「幽霊同心」と綽名されてしまう。

吉右衛門……流山の味醂づくり「秋元家」の当主の弟。江戸では「のどか屋」を定宿にしている。

幸次郎……「秋元家」の番頭として、吉右衛門と江戸に味醂の商いに通う。

三左衛門……流山の味醂づくり「秋元家」の六代目当主。

秋元双樹……「秋元家」五代目・三左衛門の俳号。「秋元家」は小林一茶の後ろ盾であった。

堀切紋次郎…白味醂を編み出した「堀切家」主。のちに「万上みりん」として一世を風靡する。

善兵衛……流山に茶問屋「駿河屋」を構える主。茶器を集め、句会を催す風流人。

寅次……岩本町のころよりの、のどか屋の常連。三代にわたり湯屋を営む。

富八……野菜棒手振りを生業とする源兵衛店の店子。のどか屋に野菜を卸す。

第一章　甘藷の力身にたくはへて江戸の民

一

「命が助かっただけ、めっけもんだと思わなきゃね」

久々にのどか屋ののれんをくぐってきた寅次が言った。岩本町の湯屋のあるじだ。

「まったくで。寿命がだいぶ縮んじまったよ」

野菜の棒手振りの富八も言う。

「ほんに、大変でしたねえ」

おかみのおちよが気の毒そうな顔つきで、座敷に酒と肴を運んでいった。

「うちは近えのに火の筋にかからなくて、相済まねえことだったよ」

おちよの父の長吉が一枚板の席から言った。

浅草の福井町で、長吉屋という料理屋を長年営んでいる。のどか屋のあるじの時吉をはじめとして、育てた弟子は多い。

「まったくで。先の大火とほぼ同じ焼け方だったからね」

その隣で、隠居の大橋季川があいまいな顔つきになった。

「このたびはからくも助かりましたが、二度も焼け出された岩本町の皆さんは本当にお気の毒で」

時吉が厨から言った。

「まあ、仕方ねえさ。江戸に住んでりゃ、火事で難儀するのは付き物よ」

寅次がそう言って猪口の酒を干した。

「一生に四回も五回も家を焼かれる人だっているんだから」

いつもお神酒徳利で動いている富八が言う。

「それどころか、一回目で死んじまう者だって多いんだからな」

と、寅次。

「このたびは知り合いに亡くなった方がほとんど出なかったので、それだけは不幸中の幸いでした」

おちよがしみじみと言った。

天保五年（一八三四）になってからは雨があまり降らず、大気が乾いて風が吹いた。こういうときには火事が起こりやすいが、案の定だった。

二月七日の八つ（午後三時）ごろ、神田佐久間町二丁目の琴師の家から火が出た。折あしく強い北風にあおられ、すぐさま神田川を越えて、東神田のお玉が池のあたりに燃え移った。

これまでに、のどか屋は二度焼け出されたことがある。まず、三河町に住んでいたころの文政七年（一八二四）、同じ三河町の茶漬屋から出た火が北西の風にあおられて大火になった。

そのあと、岩本町に移って再びのれんを出したのだが、五年後の文政十二年（一八二九）、またしても大火に襲われ、命からがら逃げ出すことになった。

多くの死者を出したこのときの大火と、先日の大火はほぼ同じような燃え方だった。文政十二年の大火も、火元は神田佐久間町二丁目だった。北風にあおられて神田川を越え、順々に燃え広がっていったところもまったく同じだ。

神田川の北から出た火は、強風にあおられ、霊巌島から鉄砲洲、それに佃島のあたりまで焼き払ってしまった。多くの町が消失し、かなりの死者が出た。

「五年おきに大火が襲ってくるんだから、世話はねえや」

寅次が嘆いた。

岩本町の湯屋も半焼けになってしまったが、早くも建て直しにかかっているらしい。災いをこうむっても、すぐ立ち直って前を向いて進み出すのが江戸の人々だ。

「『小菊』のほうはどうです?」

おちよがたずねた。

寅次の娘のおとせと、時吉の弟子の吉太郎が切り盛りしていた細工寿司の名店「小菊」もかなり焼けてしまったと聞いて、のどか屋は憂色に包まれたものだ。

「あいつらも気張って建て直しにかかったところさ」

寅次は笑みを浮かべた。

「跡取りの岩兵衛も無事だったから、ひとまずは安心よ」

富八が言う。

「五年前の大火じゃ、人情家主の源兵衛さんが亡くなってしまったんだからね」

隠居の眉が曇った。

「そうそう、質屋の子之吉さんも」

と、おちよ。

「質屋さんは蔵が丈夫で助かったようだよ」

湯屋のあるじが伝えた。

「それは何より。みけちゃんも助かったと聞いて、ほっとしたんです」

おちよが胸をなでおろすしぐさをした。

みけはのどか屋で飼っていた猫だ。岩本町の見世が焼けたあと、家について「小菊」の飼い猫になった。

「安房屋さんの竜閑町のあたりは難を免れたらしいね」

隠居が言った。

「もう十年になるのか。辰蔵さんが亡くなってから」

長吉がそう言って、筍の土佐煮を口に運んだ。

春の口福の一つだが、大火のあとの今年はいささか味わいが違う。

醤油酢問屋の安房屋辰蔵は、三河町ののどか屋のありがたい常連客だった。しかし、十年前の大火で惜しくも亡くなってしまった。いまは息子の新蔵が継ぎ、のどか屋にもいい品を納めてくれている。

「早いものですねえ」

天麩羅の支度をしながら、時吉が言った。

大火のあとは、しばらくはもっぱら炊き出しばかりだった。旅籠も泊まり賃を取らず、焼け出された人たちをできるだけ泊めることにした。これだと持ち出す一方だが、困ったときはお互いさまだ。

ほっこりと煮えた甘藷粥に、のどか屋名物の豆腐飯。削り節の香りが高いおかかにぎりに浅蜊汁など、すべてただでふるまっていた。それが花時になってようやく一段落し、旅籠付きの小料理屋に戻ったところだ。

「五年前の大火も、つい昨日のことみたいです」

のどか屋を手伝っているおけいが言った。

「おけいちゃんと一緒に逃げたんだからね、あの火事のなかを」

と、おちよ。

「このあいだの火は、おんなじように北風にあおられたから、ほんとに生きた心地がしなくて」

おけいは胸に手をやった。

あのとき、いったんはぐれて気をもんだ乳呑み子の善松は、もう五つになった。たまにのどか屋に遊びに来て、跡取り息子の千吉と遊んだりしている。

「弟子の見世もいくつか焼けちまって、なかにゃ生き死にも分からねえやつもいる。

火はもうこりごりだな」

長吉はそう言って、苦そうに猪口の酒を呑み干した。

天麩羅が揚がった。

「白魚に筍か、心にしみるような味だね」

隠居が言う。

「まあ、そんな按配で、この先はちょっとずつ元へ戻っていくだろうよ」

半ばはおのれに言い聞かせるように、湯屋のあるじが言った。

「江戸は負けず、ですからね」

野菜の棒手振りも和す。

「千吉も昨日から手習いで」

いくらかあいまいな顔つきでおちよが言った。

「そうかい、元気にしてるかい」

と、寅次。

「寺子屋のつれに亡くなった子がいたらしくて、べそをかいて帰ってきましたよ」

おちよが告げた。

「それも学びのうちだな」

長吉がそう言って、白魚の天麩羅をさくっとかんだ。

そのとき、表でわらべの声が響いた。

噂をすれば影あらわる。

千吉が帰ってきたのだ。

二

「ただいま」

千吉の声にはいつもの元気がなかった。

火事で朋輩(ほうばい)を亡くしたのがさすがにこたえているらしい。

千吉は一人ではなかった。旅籠の元締めの信兵衛(しんべえ)と一緒に帰ってきた。

「そこでばったり会ったものでね」

信兵衛が言った。

「そっちはどうです？　こっちは建て直しを始めたところだがね」

湯屋のあるじが言った。

「うちも火の筋にかかってしまったところがあるから、大工衆に声をかけてあるんだけどねえ」

　やや浮かぬ顔で、信兵衛は一枚板の席に腰を下ろした。

「なかなか番が回ってこねえと」

　と、寅次。

「そのとおり。ま、これぱっかりは待つしかないがね」

　旅籠の元締めは言った。

　いままでいくたびも大火に見舞われてきた江戸の町だが、そのたびに大工衆や左官衆などが大車輪の働きを見せて建て直してきた。さりながら、人の手にはかぎりがある。順が回ってくるのを待つしかなかった。

「どうだ、千吉。先生は何か言ってたか」

　時吉が跡取り息子にたずねた。

「うん。死んだら人は心の中に行くから、亡くなった友だちのことを忘れないようにしなさいと」

　千吉があいまいな顔つきで答えた。

「さすがは東明先生だ」

　長吉がうなずいた。

千吉が教わっている春田（はるた）東明は優れた儒学者だ。ときおりのどか屋ののれんもくぐってくれる。

「そうやって大人になっていくんだからね」

おちよが声をかけた。

「うん」

千吉は短く答えた。

「ところで、千坊はいくつだったっけ？」

寅次が問うた。

「満なら九つだけど、数えだと十一だよ」

千吉は文政九年（一八二四）の秋に生まれた。江戸の世はおおむね数えだから、生まれたら一歳という勘定になる。いまは天保五年（一八三四）の春だ。満ではまだ九歳だが、数えでは二つ上の十一歳ということになる。

「へえ、もうそんなになるのかよ」

湯屋のあるじは驚いた顔つきになった。

「早（はえ）えもんだな」

富八も言う。

「もう来年は満で十か。そりゃ背も高くなるね」

隠居が身ぶりで示す。

そのとき、茶白の縞のある猫がひょこひょこと歩いてきた。

守り神ののどかの娘のちのだ。

「この子は千吉の半年前に生まれたので、同い年なんですよ」

おちよが言った。

「へえ、見かけより歳なんだね」

信兵衛が言った。

「なら、表の酒樽の上で寝てる守り神はいくつなんだい？」

と、富八。

「あの子は三河町の見世に居ついた猫なので、そのとき二歳くらいだったとしても
……」

おちよは時吉を見た。

「十二くらいか。ずいぶん長生きだな」

時吉が少し思案してから答えた。

「人ならご隠居くらいか。どちらもまだまだ元気だね」

長吉の目尻にしわが浮かんだ。

「猫と一緒にされてしまったよ」

隠居が笑顔でそう言ったから、のどか屋に和気が満ちた。

千吉の表情も、やっといくらか晴れた。

三

「毎度ありがたく存じました」

おちよとおけい、それにおそめが客を見送った。

「またのお越しを」

千吉も見送る。

「世話になったね」

客が千吉の頭をなでてやった。

日本橋通二丁目の畳表問屋のあるじと家族だ。このたびの火事で焼け出され、しばらくのどか屋に逗留していたが、跡取り息子や番頭などの働きで、やっと仮見世の段取りが整ったらしい。

「次は焼け出されじゃなくて、ただの客としてまいりますので」

おかみが笑みを浮かべて言った。

「お待ちしております。あきないのほうも気張ってやってくださいまし」

おちよがいくらか年下のおかみを励ました。

「はい。畳表問屋はここからが気張りどころですから」

と、おかみ。

「当分は寝る間も惜しんでやらせていただきますよ」

あるじも和した。

そんな按配で、長逗留の客が出て部屋が一つ空いた。

「どうする、千吉。呼び込みに行く?」

おちよが問うた。

「うん」

千吉は二つ返事で答えた。

「なら、一緒に行きましょう」

おそめが言った。

「おいらも出るぜ」

湯屋のあるじが腰を上げた。

「あんまり油を売ってると、おかみさんに角を出されますからね」

富八が言う。

「建て直しをちゃんと見張ってねえとな。湯船をつくり忘れられたりしたら大事だ」

災いに遭っても明るい寅次が戯れ言を飛ばした。

四

千吉たちが呼び込みに行き、岩本町組が帰ったのと入れ替わるように、また新たな客が入ってきた。

「ご無沙汰しておりました」

そう言いながら入ってきたのは、馬喰町の力屋の信五郎だった。

その名のとおり、食せば力の出る膳を出し、駕籠かきや荷車引きや飛脚などに重宝がられている飯屋のあるじだ。

「おお、ご無沙汰だったね」

隠居が真っ先に言った。

「火は大丈夫だったのかい」

元締めの信兵衛が問うた。

「幸い、かすっただけでした」

信五郎はそう言って、背に負うた大きな袋を下ろした。

「買い出しですか？」

おちよが問う。

「芋がなくなっちまったもので、ほうぼう駆けずり回って仕入れてきました。いい甘藷が入ったので、のどか屋さんもいかがかと思いまして」

信五郎は袋を指さした。

「そりゃあ、ありがたいです」

時吉は手を拭いて厨を出た。

「うちもしばらくは炊き出しばっかりで」

信五郎が日焼けした顔で言う。

「困ったときはお互いさまですもの」

おちよが笑みを浮かべた。

「ああ、これはいい芋ですね」

袋の中身を見るなり、時吉が言った。

「何本か取ってくださいよ。お代はいいですから」

力屋のあるじは気前良く言った。

「ありがたく存じます。なら、ちょうど天麩羅を揚げてたところなので、これも揚げましょう」

時吉がひときわ立派な甘藷をかざした。

「そうですか。では、それだけいただいてから見世へ戻りましょう」

信五郎はそう言って、一枚板の席に腰を下ろした。

「ぶちちゃんは元気ですか？」

おちよが問うた。

信五郎は数多いのどか屋の猫縁者の一人で、元の飼い猫のやまとがぶちと名を変えて入り婿(むこ)になっている。

「ええ。もうだいぶ歳になってきましたけど」

「さっきもそんな話をしてたんだよ。のどかはもうわたしと同じくらいの歳じゃないかってね」

隠居が温顔で言った。

「この江戸で長生きするのは、ご隠居さんみたいに功徳を積まないと無理でしょうからね」

　と、信五郎。

「何も功徳は積んでいないよ。こうして昼間からお酒を呑んで、発句をひねったりしてるだけだからね」

「それがいちばんの功徳ですよ」

　旅籠の元締めが言った。

「少なくともうちにとってはありがたいので」

　おちよが両手を合わせた。

「おいおい、まだ仏様にしないでくれよ」

　隠居がそう言ったから、のどか屋に和気が満ちた。

　そうこうしているうちに、天麩羅鍋の音が変わった。

　初めは祭囃子のごとくにぎやかだった音が落ち着き、「うまいよ、うまいよ」とつぶやくような音に変わったら食べごろだ。

　時吉はしゃっと油を切った。

「はい、甘藷天、お待ち」

まずは信五郎に供する。

「いい色ですね」

力屋のあるじは、狐色に揚がった天麩羅をつゆにつけ、口中に投じてさくっと嚙んだ。

「ああ、うめえ」

思わず声が出る。

「ご隠居と元締めさんにも」

甘藷天は次々に出た。

「火は悪さもするけど、おいしいものもつくってくれるね」

隠居が言った。

「考えてみればそうですな」

信兵衛も感慨深げに言う。

「では、師匠、そのあたりで一句」

おちよがうながした。

「えっ、いきなりだね」

「いつもそうですから」

「かなわないね、おちよさんには。では……」

隠居はだいぶ思案していたが、ようやく思いついたらしく、用意された紙にうなるような達筆で発句(ほっく)をしたためた。

甘藷の力身にたくはへて江戸の民

「さあ、付けておくれ、おちよさん」

隠居は弟子にうながした。

「えー、どうしよう」

おちよは髷(まげ)に手をやった。

「大火で焼け出された人たちの励みになるような発句ですね」

信五郎がしみじみと言った。

それで思い浮かんだ。

おちよは付け句をこうしたためた。

倒れてもまた起き上がるなり

「まさに、そのとおりだね。倒れても倒れても、江戸の民は起き上がる」

隠居がうなずく。

「七転(なな)び八起(や)きですね」

と、時吉。

「焼けても焼けても、建て直してきましたから」

おちよが思いをこめて言った。

「そうそう。江戸は負けず、だ」

隠居はそう言って笑った。

第二章　江戸の春ここに幸あり豆腐飯

一

「お客さま、ごあんなーい」

千吉の元気のいい声が響いた。

「ちょうど空きが出たところで」

おそめに案内されて入ってきたのは、流山(ながれやま)の味醂(みりん)づくりの主従だった。

もうだいぶ前からのどか屋を江戸の定宿(じょうやど)にしてくれている。まことにもってありがたい客だ。

「このたびは、とんだ災難で」

柔和な顔つきの吉右衛門(きちえもん)が言った。

「こちらさまは火の手を逃れて、幸いでございました」

番頭の幸次郎が和す。

「これは兄の三左衛門から、些少ではございますが見舞い金でございます。お納めくださいまし」

吉右衛門は袱紗に包んだものをうやうやしいしぐさで渡そうとした。

「まあ、そんな」

おちよがあわてて手を振った。

「うちは焼け出されたわけではないので、ご無用に願います」

厨から時吉も言った。

「いえ、のどか屋さんが炊き出しを毎日やられていたと風のうわさに聞きましたもので、あるじの兄がぜひにと申しまして。持ち帰るわけにはまいりませんので。どうかお納めくださいまし」

吉右衛門は一歩も引かぬ構えだった。

「なら、おまえさま、救い小屋に差し入れということで」

なおも断ろうとした時吉を制して、おちよが言った。

「ああ、それはいいですね」

旅籠のほうから戻ってきたおけいが言った。

「救い小屋にお金を持っていくの？」

千吉がたずねた。

「そうよ。そのお金でお米とかいろいろ買えるじゃない」

おちよが答える。

「流山からはあきない物の味醂しか運べませんので、見舞い金だけでご勘弁いただきたいと存じます」

吉右衛門が腰を低くして言った。

「なら、荷を下ろしたところで一杯どうだい」

隠居が猪口を傾けるしぐさをした。

「ようございますよ。今日は旅の疲れを取って、あきないは明日からですので」

「おいしいものを食べて、精をつけておきませんと」

味醂づくりの主従が笑みを浮かべた。

二

「先代がご存命のころ、わたしも流山へ行って句会に出てみたかったねえ」

座敷に移った隠居がしみじみとした口調で言った。

「先代の亡き父は、俳諧が何より好きでございましたからね」

吉右衛門は言った。

流山の味醂づくりの秋元家(あきもとけ)では、当主は代々、同じ三左衛門を名乗る。いまは六代目で、話に出ている先代は五代目だ。

「小林一茶(こばやしいっさ)の後ろ盾だったんだからね、先代さんは。その時分に流山へ行って、ともに句座を囲んでみたかったよ」

季川は少し悔しそうに言った。

「一茶おじさんには、手前もわらべのころ、ずいぶんかわいがっていただきました」

吉右衛門が言う。

「はは、一茶おじさんかい」

隠居は笑みを浮かべて、青蕗(あおふき)の鯛皮八幡(たいがわやわた)巻きに箸を伸ばした。

青蕗の煮物だけでもむろんうまいが、時吉はさらに工夫を加えた。

鯛の皮を巻き付けて竹皮の紐で結び、平串を打ってさっと素焼きする。それから若狭地をかけながら三度あぶるように焼きあげると、酒の肴にはうってつけの小粋なひと品になる。

「ええ。家族と同じでしたから。……おお、これはおいしいね、番頭さん」

「江戸ならではの技です」

鯛皮八幡巻きは早くも大好評だ。

「流山へ行くたびに、小林一茶は秋元家に逗留していたと聞いたんだが」

隠居が言った。

「さようでございます。五代目三左衛門は、秋元双樹と号する俳諧師でもありましたから」

吉右衛門が答えた。

「いまのご当主はどうなんです？」

一枚板の席に残った信兵衛がたずねた。

「兄も……実は、手前もたしなむのですが、いたって下手でございましてね」

吉右衛門が謙遜して言った。

「だったら、体が動くうちに行ってみたいものだね」

と、隠居。

「それはぜひ。お待ちしておりますので」

江戸の外回りのあきないを受け持っている吉右衛門が笑顔で答えた。

「流山って、野田より近いね」

厨で料理の稽古をしていた千吉がだしぬけに言った。

「よく知ってるね、千坊」

「物知りだなあ」

味醂づくりの主従が感心する。

「この子、野田へ行ったことがあるもので」

おちよが言った。

例の「天保つむぎ糸」の件で、千吉は時吉に連れられて野田の醬油問屋へ出かけたことがある。千吉にとっては初めての長旅だったが、思わぬ手柄を挙げて上機嫌で帰ってきたものだ。

「ああ、思い出しましたよ。ここでお話をうかがいました」

吉右衛門が言った。

「なら、慣れたものですね」

幸次郎が和す。

「慣れてはいないでしょうけど、あの頃に比べたら格段に足が良くなりましたから」

おちよが笑みを浮かべた。

「かけっこもできるんだよ、遅いけど」

千吉が言った。

「走れるようになっただけでありがたいと思わなきゃ」

おちよが言う。

「うん」

「野田へ行ったときは、千住の若先生のところへ立ち寄っていたもんだがな」

手を動かしながら、時吉が言った。

骨接ぎで有名な名倉の若先生の発案で、曲がっていた左足に添え木のようなものを取り付けて歩くようにしたところ、見違えるほど具合が良くなった。まさか走れるようになろうとは、案じていたむかしを思うと親としては望外の喜びだった。

「なら、流山でもほうぼうを歩けるね」

隠居が温顔で言った。

「いっぱい歩くよ」

千吉はすっかり乗り気で言った。

味醂づくりに合わせたわけではないが、濃口（こいくち）醤油と味醂をたっぷり使った料理ができた。

筍の田舎煮だ。

「炊きあげてから二刻（ふたとき）（約四時間）ほど冷ましてありますから、おいしいですよ」

おちよが座敷へ運んでいった。

「おお、この照りは味醂ですな」

「見ただけで分かります」

流山の主従の顔がほころぶ。

「では、さっそくいただきましょう」

隠居がつややかな照りの筍をさくっと嚙んだ。

「……うまいねえ」

味わうなり、隠居は感に堪えたように言った。

「やはり、二刻おいて味が深くなってますね」

「味醂と同じでございます」

「そうだね、番頭さん」

　客も上機嫌だ。

「お次は蕗かい？」

　一枚板の席の元締めが訊いた。

「ええ。鯛の子と合わせてみました。味醂を使うところは同じですが、醬油は薄口で」

　時吉が答える。

「蕗のきれいな色合いを出すには薄口だからね」

　と、隠居。

「そのあたりも、追い追い覚えないとな」

　時吉は鍋振りの稽古をしていた千吉に言った。

「うん。手が痛くなってきたよ、おとう」

　千吉は手を止めた。

　平たい鍋に米を入れ、さっさっと振っていたのは炒め飯の稽古だ。初めのうちはしくじり続きで、米がわっと飛び散って猫たちがあわてて逃げ出したほどだったが、だいぶさまになってきた。この分なら、そのうち火を入れてまかない飯をつくれるようになるかもしれない。

「よし。なら、鍋振りは終いで、かつら剝きと千切りだ」

「はい、師匠」

千吉がそう答えたから、客の顔がいっせいにほころんだ。

「師匠が目の前にいるんだから、腕がどんどん上がるね」

吉右衛門が言う。

「何よりの手本ですからね」

幸次郎も和す。

料理ができた。

「はい、お待ち」

彩りも鮮やかな蕗と鯛の子の炊き合わせだ。

これも評判は上々だった。

「海と山の幸がうまく響き合ってるねえ」

信兵衛が言った。

「俳諧では、二つの異なったものを響き合わせるのが骨法だけれども、まさにそういう味だね」

隠居もうなる。

「俳諧と言っても、一茶おじさんや父の発句は、人柄をぎゅっと絞り出したようなものでしたから」

吉右衛門が言った。

「小林一茶の句はなじみがあるが、秋元双樹さんにはどんな句があるんだい？」

季川が問うた。

「『梅さくや闇はきらひな今の人』『夕涼み是も命のかせぎ哉』といった按配の句でございます」

吉右衛門はすらすらと答えた。

「なるほど。いかにも大旦那といった感じの明るい発句だね」

隠居がうなずく。

「恐れ入ります」

「うちは味醂の次に発句をつくっておりますので」

「それは言いすぎだよ、番頭さん」

吉右衛門は笑って言うと、鯛の子をうまそうにほおばった。

「大火が一段落して、こんなおいしいものを食べられるようになって、味が心にしみますね」

旅籠の元締めがしみじみと言った。

「やっとこういう料理もつくれるようになりましたので」

時吉もうなずく。

「これからどんどんつくるよ」

かつら剝きの稽古をしながら千吉が言ったから、のどか屋じゅうにあたたかい気が漂った。

三

元締めの信兵衛はほどなく腰を上げ、大松屋(おおまつや)の様子を見に行った。

のどか屋とは同じ通りで、跡取り息子の升造(ますぞう)は千吉の大の仲良しだ。

飛び火というものは恐ろしい。近場であっても、あるところはまったく無事なのに、あるところは焼けてしまったりする。

出水や高波もそうだ。神様の気まぐれかどうか、無事なところとやられてしまったところがくっきりと分かれる。

大松屋も飛び火を受けてしまったが、丸焼けにならなかったのは不幸中の幸いだった。ただし、自慢の内湯が使えなくなり、いま懸命に普請をやり直している。

信兵衛と入れ替わるように、二人の常連が入ってきた。

「おう」

のれんをくぐるなり右手を挙げたのは、あんみつ隠密こと安東満三郎だった。

「ご無沙汰で」

もう一人の男が笑みを浮かべた。

こちらは万年平之助、幽霊同心の異名を取る安東の配下の者だ。

「まあ、万年さま、大変でございましたね」

おちよが言った。

「まったくええれえ目に遭ったぜ。まさか八丁堀まで飛び火してくるとは」

万年同心は顔をしかめると、座敷の隠居に会釈してから一枚板の席に腰を下ろした。

上役の安東満三郎も続く。

「大丈夫？　平ちゃん」

例によって、千吉が万年同心に気安く呼びかけた。

「ああ、大丈夫だ。近々、また八丁堀へ戻れそうだから」

「それは良うございましたね」

時吉が笑みを浮かべた。

「まったく、いつまでもうちの離れに居候(いそうろう)されてたんじゃ鬱陶(うっとう)しいからな」

あんみつ隠密がそう言ったから、万年同心はうへえという顔つきになった。

北風の日の火事は恐ろしい。神田佐久間町から出た火はあれよあれよという間に飛び火しながら燃え広がり、遠く離れていたはずの八丁堀にまで及んだ。

幸い、当人と家族は無事だったが、住まいを焼かれてしまった万年同心は、上役の安東満三郎の屋敷に身を寄せていた。こちらは番町(ばんちょう)だから無事だ。

「大火のたびに火事場泥棒や悪い人が出ますけど、このたびはいかがだったんでしょう」

酒を運んできたおちよが問うた。

「前はここのあるじも働きだったからな」

安東満三郎が言う。

「すると、このたびも何か？」

時吉がいくぶん声をひそめた。

「いや、まだ表立って大きな動きが出たわけじゃねえんだがな。用心しておくに越したことはねえじゃねえか」

黒四組のかしらはあごに手をやった。

将軍の履き物や荷物などを運ぶ黒鍬（くろくわ）の者は、三組まであることになっている。しかし、実は世に知られない第四の組もあった。あんみつ隠密がかしらをつとめる黒四組だ。

隠密の名のとおり、安東満三郎は、日の本（ひのもと）のいずこなりへとも悪の跳梁（ちょうりょう）するところへ出張（でば）っていく。これまで、抜け荷や大がかりな陶器の贋作（がんさく）など、さまざまな悪事を暴（あば）いてきた。

「いくたりか火事場荒らしでお縄になってるが、つい出来心ってやつがもっぱらで」

万年同心が言った。

こちらも黒四組だが、町方の隠密廻り同心と同じ動きをするから江戸市中だけが縄張りだ。かしらが出張っているときは江戸の留守をあずかる。

「こういう災いのときに、人の性（さが）ってものが出るからね」

隠居が言う。

「ほんとです。施（ほどこ）しをしようっていう人もいれば、火事場で悪さをする人もいる」

おちよが眉をひそめた。

「そういえば、番頭さん、例の話を」

吉右衛門が幸次郎の顔を見た。

「そうですね、気になりますから」

番頭はいくぶん声をひそめた。

「何が気になるんだい？」

隠居が問う。

「はい」

吉右衛門は座り直して続けた。

「流山には江戸川(えどがわ)が流れていて、土手が長く続いております。江戸の大火のあと、その土手で、黒装束の男たちが夜中に走っているのを見た者がいるんです」

味醂づくりはそう告げた。

「そりゃ物騒(ぶっそう)だな。盗賊が稽古でもしてたのか？」

あんみつ隠密が首をかしげた。

「盗賊って、稽古するの？」

細づくりのきんぴらを切り終えた千吉が言った。

「番所に気づかれねえように走ったりしなきゃならねえから、気の入った盗賊は稽古くらいするだろうよ」

万年同心がそう言って、谷中生姜の新ものを口に運んだ。

薄皮をこそげ落としてからさっと湯にくぐらせ、赤いところが濃くなったらざるに上げて、田舎味噌をつけて食す。江戸の恵みの酒の肴だ。

「んな稽古をするくれえなら、かたぎになる算段をしろってんだ」

安東満三郎が吐き捨てるように言った。

「はい、お待ち」

ここであんみつ煮が出た。

油揚げの甘煮だ。切った油揚げを水と醤油と砂糖で煮ただけの簡明な品で、客が来てからすぐつくれるのが重宝だ。甘い物に目がないあんみつ隠密が好んで食しているため、あんみつ煮の名がついた。

「……うん、甘え」

お得意のせりふが出る。

なにしろこの御仁、食べ物は甘ければ甘いほどいいというのだから、よほど変わった舌の持ち主だ。甘い物があればいくらでも酒が飲めると豪語する人は珍しい。

その隣で万年同心が顔をしかめた。こちらはなかなかに侮れぬ舌をしている。

　万年同心には蛤と独活の木の芽和えを出した。

「独活の嚙み味が入ってると、蛤がなおさら活きるな」

　評判は上々だった。

「まあ、何にせよ用心しませんと」

　番頭が言った。

「そうだね。押し込まれたら終いだから」

　吉右衛門が答える。

「なに、千坊が流山へ行ったら退治してくれるさ」

　隠居が笑みを浮かべた。

「ほう、流山へ行くのかい」

　と、万年同心。

「うん、平ちゃん。そういう話になったよ」

　きんぴらの味つけもしながら、千吉が答えた。

「まだ先の話ですが、「ご隠居さんが句会にいらっしゃるそうなので、ついて行かせていただこうかと」

　時吉が伝える。

「ついでに千住の若先生にごあいさつしたらどうかしら」

　おちよが水を向ける。

「あんまり良くなったからびっくりされるかも」

　干物の干し場から戻ってきたおけいが笑みを浮かべた。

　裏手には干物の干し場があるが、何匹もいる猫にやられないように高いところへ干さなければならないから存外に大変だ。旅籠が首尾良く埋まったから、おけいとおそめが二人がかりでこなしてきたところだ。

「そうね。ありがたいことで」

　おちよが軽く両手を合わせた。

「できた！」

　千吉が声をあげた。

　きんぴら牛蒡（ごぼう）ができたのだ。

「おお、跡取りのきんぴらか。こいつぁいいや」

　と、安東。

「味醂も入ってるよ」

　千吉が自慢げに言う。

「おれだけどばどば味醂をかけて甘くして食うからよ」

あんみつ隠密がそう言ったから、例によって万年同心がうへえという顔になった。

千吉のつくったきんぴらの評判は上々だった。

牛蒡のほうは多少不揃いだったが、かつら剝きをしてからていねいに細く刻んだ人参が上品で、はらりと振った白胡麻ともうまく響き合っている。

「これはもう、ひとかどの料理人の手わざですね」

味醂づくりが感に堪えたように言った。

「では、料理人として流山へお招きしないと」

番頭も和す。

「背丈と一緒で、見る見るうちに伸びるね。味つけもちょうどいいよ」

隠居がそう言ったから、千吉は心底うれしそうに笑った。

四

「のどか屋さんの朝は、やっぱりこれでございますな」

味醂づくりの吉右衛門が匙(さじ)ですくったものをかざした。

「ああ、江戸へ来たなあという感じがいたしますね。おいしゅうございます」

番頭の幸次郎も笑みを浮かべる。

のどか屋名物、豆腐飯だ。

だしに醤油と味醂と酒と命のたれを加え、ことことじっくりと煮て味を含ませた木綿豆腐は、それだけを崩して食べても十分にうまい。

さりながら、ほかほかの飯にのせ、刻み葱（ねぎ）やもみ海苔（のり）や粉山椒（こなざんしょう）などの薬味（やくみ）を好みで添えながら食せば、さらに口福（こうふく）の味になる。

まずは豆腐を匙ですくって食し、しかるのちにわっとまぜて飯とともに胃の腑に落とす。一膳で二度おいしい名物料理だ。

これに香の物と味噌汁がつく。今日はたっぷり具が入った浅蜊汁（あさりじる）だ。

「しばらくこれを食べられないとなると、家へ帰れるめでたさも中くらいだね」

ほかの泊まり客が言った。

「でも、やっとお戻りになられてよございましたね」

おちよが笑みを浮かべた。

本石町（ほんこくちょう）から焼け出されてきた近江屋（おうみや）という呉服問屋の主従は、だいぶ長逗留になったが、ようやく普請のめどがついてのどか屋を後にすることになった。

「ほんに、何から何まで、お世話になりました」

あるじが頭を下げる。

「この先つらいことがあっても、この豆腐飯の味を思い出して乗り切れそうです」

番頭が白い歯を見せた。

「そうですね。おかみの発句のとおりで」

吉右衛門が座敷の壁に貼ってある短冊を指さした。

江戸の春ここに幸あり豆腐飯

「こういう災いがあってはじめて、ご飯を普通にいただけるありがたみが身にしみて分かりましたよ。この先のあきないにも活かさないと」

近江屋がうなずく。

「さようですね。気張ってくださいまし」

「流山から気を送りますので」

味醂づくりの主従が励ました。

「ありがたく存じます。命をもう一ついただいたと料簡（りょうけん）して、お客様のために気張って働かせていただこうと思っております」

「その意気ですよ」

吉右衛門が笑みを浮かべた。


出立の時が来た。

おちよと時吉ばかりでなく、千吉と猫ののどかまで味醂づくりの見送りに出た。

「では、また文や使者などで段取りを詰めてまいりましょう」

吉右衛門が言った。

「承知しました。いずれ流山へお邪魔しますので、その節はよしなに」

時吉が頭を下げる。

「よしなに」

千吉が大人びた口調で言う。

「みゃあ」

だいぶおばあちゃんになってきたのどかまで「たのむにゃ」とばかりにないたから、旅籠付きの小料理屋の見世先に和気が満ちた。

「では、これからあきないで」

吉右衛門が右手を挙げた。

「気張ってくださいまし。ありがたく存じました」

おちよがていねいに頭を下げた。

第三章　梅おかか恵みはすべて皿の中

一

「そうかい。早(はえ)えもんだな」

一枚板の席で、長吉が感に堪えたように言った。

いま話題になっていたのは、千吉の歳だった。赤子の頃から知っている者は、改めて千吉の歳を聞くと驚く。

「われわれが冥途(めいど)へ近づくわけだよ」

長吉の隣で、隠居の季川が言った。

「一緒につれていかないでくださいよ、ご隠居さん」

手だれの料理人がそう言ったから、のどか屋に笑いがわいた。

「で、どうだ。来年からうちへ修業に来るか？　そろそろ修業に入ってもいい頃合いだろう」

長吉が梅肉をたたいている千吉に問うた。

「うーん、修業って、月にどれくらいするの？」

ずいぶんと背が高くなったわらべがたずねた。

「そりゃおめえ、ひとたび修業に入ったら、盆と正月か藪入りくれえしか帰れねえ……と言いたいところだが」

長吉は猪口の酒を干して続けた。

「おめえは孫で、のどか屋の跡取り息子なんだから、多めに帰してやるさ」

長吉はすっかり乗り気だ。

「でも、おとっつぁん、千吉は秋生まれだし、満で十になってからでも遅くはないと思うの」

おちよが言う。

「まあ、そりゃそうだが、千吉はどうだい」

目尻にしわをいくつも浮かべて、祖父が問うた。

「修業に入ったら、寺子屋へ行けないよ」

包丁の手を止め、千吉は小首をかしげた。

「そうよ。東明先生の寺子屋で、いろんな大事なことを教わってるんだから」

春田東明は学識の高い儒学者で、もとはといえば長吉屋の客筋だ。

「寺子屋のほうがいいかい？」

隠居が温顔で問う。

「うん……修業もしたいけど」

千吉は迷っている様子だった。

「お料理の修業はうちでもしてるんだから、おとっつぁん」

おちよが言った。

「でもよ。よその釜の飯も食わせなきゃ、修業とは言えねえぜ」

「よそって言ったって、身内だがねえ」

隠居が首をひねる。

「いや、ほうぼうから料理人が来ますから、それにもまれるのも修業で」

長吉は譲らない。

「まあとりあえず、満で十になる来年いっぱいくらいは寺子屋にも通わせたいので」

時吉も包丁の手を止めて言った。

「そうそう。旅籠の呼び込みだってあるんだから、おとっつぁんのとこは半月くらい厨にこもって教わるようにして、あとはうちで修業ってことでどうかしら。ねっ、千吉」

おちよが同意を求めるように見た。

「うん。もうちょっと寺子屋へ行きたいから、それがいい」

千吉ははっきりと言った。

「そうかい。なら、しょうがねえや。じいじのとこは、いつでも受け入れてやるからな」

長吉はあきらめたような顔つきで言った。

二

それからほどなくして、力屋のあるじの信五郎と娘のおしのがのれんをくぐり、座敷に座った。

「いまから千坊が新たな焼き飯をつくるところだよ」

隠居が笑顔で伝えた。

「ほう、それはいいとこに来ましたね」

　信五郎が笑みを浮かべた。

　朝早くから見世を開けているから、早めにのれんをしまって、たまにのどか屋に寄ってくれる。

「わあ、楽しみ」

　おしのがそう言って、座敷の隅で寝ていたゆきに手を伸ばした。

　いつのまにか娘らしくなり、嫁に行ってもおかしくない年頃になったおしのは、料理より猫のほうが目当てだ。

「じゃあ、つくるね」

　千吉がふっと息をついた。

「梅肉をたたいて醤油でのばしたものを終い（しま）がたに入れますので」

　時吉が告げた。

「千吉がおとっつぁんと相談しながら思案した焼き飯だ。お手並み拝見だな」

　長吉がいくらか身を乗り出した。

「気を入れてつくれ」

　時吉が言った。

「はい、師匠」

千吉は父をそう呼ぶと、焼き飯をつくりだした。

飯と玉子はすでにまぜてある。久しく高価で手が出なかった玉子だが、やっと値が落ち着いてきた。のどか屋は仕入れに手づるを持っているから、焼き飯にも使うことができる。

特別にあつらえた平たい鍋に胡麻油を入れ、刻んだ葱とほぐした干物を投じてひとしきり炒める。いい按配に香りが出てきたところで玉子飯を入れ、まずは菜箸(さいばし)でまぜる。

塩胡椒(しおこしょう)をし、飯に火が通ってきたら、先頃から稽古を繰り返してきた鍋振りだ。

「おお、うまいうまい」

信五郎が声をあげた。

「千ちゃん、しっかり」

おしのが応援する。

「よっ、ほっ」

声を発しながら、千吉は焼き飯を振った。

「お、なんだなんだ」

「見物かい」

ゆきと黒猫のしょう、親子がだだだだっと走ってきて一枚板の席に飛び乗ってのぞきこむ。猫には千吉の動きが面白いらしい。

「ひとかどの料理人だねえ」

隠居が目を細めた。

「ちょっと前にゃ考えられなかったな、鍋振りなんてよう」

長吉も笑みを浮かべた。

「そろそろだぞ」

じっと見守っていた時吉が言った。

「うん、分かってる」

千吉はそう言うと、たたいた梅肉を醤油でのばしたものを鍋に投じ入れ、菜箸でいくたびか切ってから再び鍋を振りだした。

ここからは一瀉千里（いっしゃせんり）の仕上げだ。

白胡麻を振り、削っておいた鰹節（かつおぶし）をわっと投じ入れて一気にまぜる。猫たちがまた浮き足だった。今度は動きではなく、鰹節につられたらしい。

「こら、駄目だぞ」

時吉が首根っこをつかんで下ろす。ゆきもしょうも土間でぶるぶると身をふるわせた。

「はい、できました」

千吉がいい声で告げた。

梅おかか焼き飯の出来上がりだ。

さっそく皆にふるまわれた。

「わあ、おいしい」

おしのが声をあげた。

「うん、うまいね。うちで出しても喜ばれそうだ」

信五郎が真顔で言った。

「いいじゃねえか」

長吉の目尻にいくつもしわが寄る。

その顔を見て、千吉は心底うれしそうな表情になった。

時吉も味見をした。

醤油でのばした梅肉と鰹節と白胡麻、どれもいい按配にまじりあっている。これなら胸を張ってお客さんに出せる出来だった。

「食ってみな、ちよ」

時吉はおちよに小皿を渡した。

おちよも食す。

「あ、ほんと、おいしい」

おちよも笑みを浮かべた。

「梅おかか恵みはすべて皿の中」

季川は得意の発句で評した。

「さあ、おちよさん、思いをこめて付けておくれ」

隠居が温顔を向ける。

「そうですねえ……」

おちよはしばらく思案していたが、千吉の顔をちらりと見てからこう付けた。

「……背丈の伸びしわが子の姿」

それを聞いて、千吉がまた満足げな笑みを浮かべた。

三

季が移ろい、五月雨がほうぼうの屋根を打つようになった頃合いに、流山からまた味醂づくりの主従がやってきた。

「どうもご無沙汰をしておりました」

吉右衛門がていねいに頭を下げた。

「またお世話になります」

番頭の幸次郎が和す。

「では、お荷物をお運びします」

おけいが笑顔で言った。

「いつもの『ろ』のお部屋で」

手伝いのおそめが言う。

旅籠は「いろはにほと」の六部屋がある。そのうち、「と」だけが一階で、あとは二階だ。「ろ」はいちばん見晴らしが良く、通りがよく見える。ちなみに、「へ」は語呂が悪いので抜いてあった。火消しの組にも「へ組」はない。

「あっ、これはこれは」

座敷の客を見て、味醂づくりが驚いたように言った。

「久々に来させていただいております」

「ご苦労様でございます」

居住まいを正してあいさつしたのは、竜閑町（りゅうかんちょう）の醤油酢問屋、安房屋（あわや）のあるじの新蔵（しんぞう）と手代だった。

「ここでごあいさつできるとは思いませんでした。明日あきないの件でうかがうつもりだったのですが」

吉右衛門が言った。

「これも何かの縁だね」

一枚板の席から、隠居が言った。

「さようですね。あきないの帰りに通りで先生にばったりお会いしてお誘いを受けたら、またよく存じあげている方にお目にかかったわけですから」

安房屋のあるじがうなずく。

「のどか屋さんへ行こうと声をかけて良かったですね」

隠居の隣に座った総髪の医者が笑みを浮かべた。

皆川町(みながわちょう)に診療所を構える青葉清斎(あおばせいさい)だ。のどか屋が三河町にあったころからの長い付き合いで、妻の羽津(はつ)も腕のいい産科医だ。早めに産気づいてずいぶん気をもんだ千吉は羽津に取り上げてもらったから、命の恩人とも言える。

つややかな総髪には白いものがいくらかまじるようになったが、清斎は元気そうだった。今日は薬種問屋へ新たな薬を調達に行った帰りに安房屋の主従に出くわしたらしい。

「本当に、縁は大切でございますね」

安房屋の新蔵はしみじみと言った。

もとはといえば、父の辰蔵がのどか屋の常連だった。三河町ののどか屋では、大橋季川と安房屋辰蔵が常連の東西の大関だったものだ。

さりながら、例の三河町の茶漬屋から出た大火で、不幸にも辰蔵は亡くなってしまった。皆は悲嘆に暮れたが、跡取り息子の新蔵が安房屋ののれんをしっかりと継ぎ、幾人もの子宝にも恵まれ、江戸でも指折りの醤油酢問屋に育てあげていた。流山の味醂づくりにとっては、大事なあきない先だ。

「まあ、何はともあれ荷を置いてから、またこちらで」

味醂づくりが座敷を手で示した。

「ええ、お待ちしております」

安房屋のあるじが一礼した。

四

ちょうどいい按配に、ほどなく千吉も寺子屋から帰ってきた。

旅籠の部屋に空きがあるときは、女たちとともに両国橋(りょうごくばし)の西詰(にしづめ)へ呼び込みに行ったりするのだが、今日はもうおおむね埋まっている。一階の「と」の部屋は、足の悪い年寄りや酔った客のために終いまで空けておくのがのどか屋らしい気遣いだ。このところは、帰るのが難儀だからと言って隠居が泊まることも間々(まま)あった。

「大きくなったねえ、千吉ちゃん」

青葉清斎が驚いたように言った。

「ほんに、ずいぶん背丈が伸びましたね」

安房屋新蔵も言う。

「足も良くなったよ」

千吉が左の腿をぽんとたたいた。

「で、さっそくでございますが、当地へお越しいただく段取りをと存じまして、まずはこれを」

吉右衛門は一通の書状を取り出した。

「兄の六代目三左衛門から、大橋季川様に宛てた文でございます」

うやうやしく言う。

「わたしにかい」

隠居は笑って受け取り、さっそく書状をあらためた。

「これはまた、人柄を墨にまぜたようないい字だね」

そう言いながら、文に目を通す。

「何と書いてあります？」

おちよがたずねた。

「六月の十日に当地で句会を催すゆえ、宗匠としてお越し願えないか、と丁重にしためられているよ」

「わたしは？」

千吉がおのれの胸を指さした。

少し前までは「千ちゃん」と称していたのだが、いつしか呼び名が変わった。そろそろかむろ頭も似合わなくなってきている。

「もちろん、千坊のことも書いてあるよ。のどか屋様父子も大歓迎ゆえ、ぜひお越しください、と」

隠居が伝えた。

「あと半月あまりあるから、支度はできますね」

時吉が乗り気で言った。

「お招きするのですから、流山までの駕籠代は、当方でお支払いしますので、ぜひにと兄が申しておりました」

吉右衛門が伝える。

「それは悪いね」

と、隠居。

「拙宅か、当地に見世を構えた茶問屋さんの茶室か、句会の場所などはこれから段取りをつけますので」

「ほう、茶問屋さんの茶室かい」

隠居がいくらか身を乗り出す。

「はい、駿河屋の旦那さんには世話になっておりますので」

味醂づくりが笑みを浮かべた。

ここで料理が続けざまに出た。

まずは小鉢で、鱚の昆布締めの杉盛りだ。

細づくりにしたものを、杉木立に見立てて小高く盛りつけるのを杉盛りと呼ぶ。これに花穂紫蘇を散らし、山葵を添え、煎り酒を注げば出来上がりだ。

「これはまたずいぶんと小粋な肴でございますね」

「ほんに、手前でも句ができそうな彩りで」

「じゃあ、つくってごらん、番頭さん」

「さて……それはまた六月の十日に」

流山の主従が掛け合う。

お次はしめ鯵だ。

下ごしらえをして三枚におろした鯵に塩を振り、一刻半ほど寝かせる。中塩よりいくらか少なめの塩加減にしてやるのが勘どころだ。

頃合いになったら、おろし生姜を加えた米酢に漬け、よく汁気を切って皮をむく。

半身のしめ鯵は三つに切り、大根のけんや甘酢に漬けた茗荷などを品良くあしらい、加減醤油を添える。

「いい按配のアジだね。いや、地口じゃないよ」

隠居がそう言ったから、のどか屋の気がふわりとやわらいだ。

「薬膳の骨法にもかなっています。味も良し、身の養いにも良しですね」

本道（内科）の医者が笑みを浮かべた。

魚ばかりではない。野菜の炊き合わせに豆腐田楽。千吉も厨で手伝って、のどか屋らしい料理が次々にできた。

「うちの品を使っていただき、こんなおいしい料理を出していただけるとは、問屋冥利に尽きますね」

安房屋のあるじが箸を止めて言った。

「うちも同じでございますよ。味醂づくりのほまれです。出がけに気がかりなことがあったのですが、のどか屋さんのお料理をいただいて気が晴れました」

吉右衛門が笑みを浮かべた。

「気がかりなこと、と申しますと？」

新蔵が問う。

「流山で押し込みがありましてね。うちも用心しないと」

吉右衛門が答えた。

「それは剣呑(けんのん)ですね」

安房屋は眉を曇らせた。

「押し込みって、江戸川の土手で稽古をしていた黒装束の人たちでしょうか」

耳ざとく聞きつけて、おちよが言った。

「さあ、どうでございましょう」

「そうかもしれません」

味醂づくりの主従が答えた。

「江戸は大火から建て直しが始まったところですが、このところは火事場泥棒にお上(かみ)が目を光らせているので、流山や野田や行徳(ぎょうとく)などへ悪党が移っているのかもしれませんね」

安房屋の新蔵があごに手をやった。

「そりゃあ剣呑だね」

一枚板の席から隠居が言う。

「安東さまが見えたら、伝えておきましょう」

時吉がすかさず言った。

「平ちゃんじゃ駄目?」

千吉は仲のいい万年同心の名を出した。

「万年さまは江戸市中だけが縄張りだからな」

「あっ、そうか」

「よし、では、次は鱚を揚げるぞ。支度しな」

時吉は跡取り息子に言った。

「はい、師匠」

千吉はいい声を響かせた。

五

「流山の押し込みは耳に入ってら」

あんみつ隠密がおのれの耳に手をやった。

「なら、すぐやっつけられる？」

厨から千吉が問う。

「やっつけられたらいいんだがよ。いろいろ段取りがあらあな」

「江戸の外は代官所と八州廻りの縄張りだからな」

幽霊同心こと万年平之助が言った。

「じゃあ、黒四組は?」

「しっ」

安東満三郎はあわてて指を口の前に立てた。

座敷にはほかの泊まり客がいる。黒四組は秘中の秘だ。

「みゃあーん」

ゆきが「あそんで」とばかりにとことこ歩いてきてないた。

「しゃべっちゃ駄目なんだよ、ゆきちゃん」

千吉が猫に向かって言ったから、おちよとおけいが笑い声をあげた。

流山の味醂づくりが江戸を発った翌日だ。黒四組の二人がのれんをくぐってきたので、さっそく押し込みの話を伝えたところだった。

「大火のあった江戸から流れてきたのかもしれねえが、流山を真ん中にほうぼうで似たような押し込みが起きてるのが気に入らねえ」

あんみつ隠密はそう言うと、味醂をたくさんかけた袋煮(ふくろに)を口中に投じた。

「盗賊を兼ねてる博徒(ばくと)だったら、八州廻りに任せとくのがいちばんなんですがね」

万年同心も袋煮に箸を伸ばした。

湯をかけて油抜きをした油揚げを二つに切って裏返す。その中に人参、干瓢、木耳、牛蒡などの下煮をした具を詰め、干瓢で巾着のように縛ってまた煮含めていく。

「そうだな。ただ、分かりにくいところにねぐらを構えられてたんじゃ、八州も捕り逃がすかもしれねえ。……うん、味醂がしみて甘え」

「千吉が下ごしらえをしたんで」

時吉がせがれを手で示した。

「こういった粋な肴をつくれるようになったら、鬼に金棒だな。巾着の中にいろいろお宝が入ってるじゃねえか」

万年同心が白い歯を見せた。

「あ、じゃあ、お宝煮がいいかも」

おちよが思いついて言った。

「縁起が良さそうですね」

おけいも笑みを浮かべる。

そうだにゃ、とばかりに、土間で寝そべっていたちのが大きな伸びをした。

「なら、お宝煮で」

と、あんみつ隠密。

「のどか屋の名物がまた一つできたな。こいつぁ冷めても味がしみてうめえからよ」

侮れない舌の持ち主が言う。

「では、流山で包丁を握ることがあったら、さっそくおつくりしようか」

時吉が千吉を見た。

「また下ごしらえをするよ、おとう……じゃなくて、師匠」

そう言い直すと、跡取り息子はいい笑顔を見せた。

第四章　絶景や飯も魚も烏帽子なり

一

「それは、千吉さんの考え次第ですね」

一枚板の席で、つややかな総髪の儒学者が言った。

春田東明だ。

ちょうど長吉も来ているから、千吉の先のことをどうしたものか、寺子屋の師匠に相談してみたところだ。

「もうちょっと寺子屋へ通いたいよ。みんなと遊びたいし」

厨で下ごしらえを手伝いながら、千吉が言った。

「遊ぶために通わせてるわけじゃないのよ、千吉」

おちよがすかさずたしなめる。

「うん、学びもやってるよ」

千吉は胸を張った。

「千吉さんはよく学びもやっておりますよ」

先生のお墨付きが出た。

「で、どうするんだい。おめえの気が変わって修業してえって言うんなら、じいじ、明日からでも教えてやるぜ」

長吉がそう言って、長芋の梅肉和えを口に運んだ。

しゃきしゃきした長芋には、梅肉のさわやかな酸味が合う。海苔を散らせばなお風味豊かだ。

「相変わらずせっかちだねえ、長さん」

隠居が少し苦笑いを浮かべた。

「うーん、でも、満で十になるまでは寺子屋に通って、それからおとう……じゃなくて師匠から教わることを教わったら、修業に出ようかと」

千吉はしっかりした受け答えをした。

「それだと、なかなかうちには来られねえな」

祖父は苦笑いを浮かべた。

「行かないって言ってるわけじゃないんだから、おとっつぁん」

おちよが言う。

「まあ、そうだな。果報は寝て待てか」

長吉はあきらめたように言って、猪口の酒を呑み干した。

「師匠、浅蜊やる」

千吉がここで手を挙げた。

「できるか？　難しいぞ」

時吉は少し迷った。

「うん、やってみる」

引き締まった顔つきで、千吉は言った。

「しくじったとしても、わたくしがいただきますから」

東明が穏やかな笑みを浮かべた。

「わたしもいるからね」

隠居がおのれの胸を指す。

これで話が決まった。

皆が見守るなか、千吉は浅蜊の炒め物をつくりだした。

鍋に油を入れ、まず糸こんにゃくを炒める。湯に通してあくを抜いておいたもので、浅蜊に合わせるとえも言われぬ食べ味の違いを楽しめる。

お次は、浅蜊だ。千吉が鍋を振るたびに長吉の目尻のしわが増えていく。

座敷にも泊まり客がいたが、おちよもおけいも動きを止め、かたずを呑んで千吉の料理を見守っていた。

「よし、薬味だ」

頃合いと見て、時吉が声を発した。

「はい」

千吉が合わせ薬味を鍋に投じ入れた。

葱に生姜(しょうが)に茗荷(みょうが)に貝割れ菜。すべて細かく刻んで合わせてある。刺身やたたきにのせてたれをかけて食しても良し、炒め物に加えても良し。もちろん奴豆腐や豆腐飯などの薬味にもなる。ひとたびつくっておけばなにかと重宝だ。

「手早く塩胡椒」

指南役の声が高くなった。

「はい」

「気張りどころだ」

長吉も声をかけた。

「仕上げは薄口醬油だ。具を鍋の端に寄せて、醬油をいくらか焦がして風味を出してからまぜるんだ」

時吉はそう教えた。

「その『いくらか』が難しいぞ」

長吉が身を乗り出す。

おたまを使って具を鍋の端に寄せ、薄口醬油を鍋に入れる。

ふわっ、といい香りがただよった。

「よし、いいぞ」

「はい」

千吉は手早くまぜた。

もうこれで出来上がりだ。

鍋から皿へ、千吉が盛りつけると、ほうぼうから歓声がもれた。

「上手なものですな」

「松戸(まつど)から来た甲斐がありましたよ」

座敷の泊まり客が言う。

「あとは味だな」

長吉がさっそく箸を取った。

「わたくしも」

東明も続く。

「おう、こりゃあいけるじゃねえか」

まず祖父が言った。

「浅蜊の味があるので、醬油は薄口なんですね。おいしゅうございます」

儒学者も背筋を正して言った。

「うん、上出来だ」

味見をした父がうなずく。

「よかった」

跡取り息子がほっとしたように笑った。

二

「で、おとっつぁん、留守のあいだの助っ人さんのあてはついたの？」

機を見ておちよがたずねた。

「ああ、ついた」

長吉は猪口を置いてから続けた。

「今日つれてこようかと思ったんだが、あいにく風邪を引きやがってよう。千吉にうつしでもしたら大変だから、また治ったらつれてくらあ」

長吉はそう告げた。

「何という名前です？」

今度は時吉が問う。

「桜吉って名だ。本名は桜助」

長吉屋の弟子は、師匠の名を襲って「吉」の名をつける。

「なら、花の名所の生まれなのかい」

隠居が問うた。

「いや、相州の茅ヶ崎っていう殺風景な漁村で、めぼしいものは松並木くれえだっていう話だ」

「花のない土地に桜助とは、なかなかに小粋な命名ですね」

春田東明が笑みを浮かべた。

「茅ヶ崎に何もなくても、藤沢と平塚に挟まれてるから、いざとなったらそちらのほうで料理屋を開けるかもしれないね」

隠居が言う。

「本人は茅ヶ崎で見世をやりてえって言ってるんで、ま、これも修業のうちで」

と、長吉。

「だったら、帰るまで住み込みで?」

おちよが訊く。

「おう。猫が好きで、よく餌をやってるから、ちょうどいいかと思ってよ」

長吉が笑みを浮かべた。

「良かったわね、餌をくれるって」

酒樽の上で貫禄を見せているのどかに向かって、おけいが言った。

その後はまたひとしきり千吉の修業の話になった。

「書を繙くのも学びのうちです。そのうち、お父様の蔵書を読んで学ぶようになれば、さらにめきめきと腕が上がることでしょう」

手習いの師匠は太鼓判を捺した。

「蔵書というほどのものではありませんが」

時吉が謙遜して言った。

「いやいや、百珍ものをはじめとして、料理書は端から買って学んでるじゃないか、時さんは」

隠居が笑みを浮かべた。

『豆腐百珍』を嚆矢とする料理の百珍ものは雨後の筍のごとくに上梓されてきた。時吉は何か出るたびに購っているから、おちよがあきれるほどだった。

「うん、読むよ」

千吉が明るく言った。

「人は一生、学びです。そのよすがになるものとして、書物ほど有益なものはありませんから」

儒学者が教えた。

「そうだよ。わたしだって、流山の句会へ行くからってんで、ゆかりの一茶の俳諧書を読み返してるくらいだからね」

季川が言った。

「ご隠居には勝てねえや。こっちは久しく料理書も読んでねえからな」

と、長吉。

「もちろん、料理書もいいですが、なるたけ幅広い書物を読むことも大事ですよ」

東明が千吉に教えた。

それを聞いて、おちよがうなずく。

「食べ物と同じで、選り好みをせずにたくさん身に入れたら、必ず養いになるから」

隠居が言う。

「ご隠居さんが言うと、力がありますね」

おけいが笑った。

「まあ、なんにせよ、流山へ行くのは楽しみだね」

「うん、楽しみ」

隠居の言葉に、千吉がすかさず答えた。

「ただ、こっちのほうは、いくらか物騒(ぶっそう)になってましてね」

松戸の客が言った。

「こっちって、松戸から流山にかけてかい？」

　隠居が座敷のほうへ顔を向ける。

「そうなんです。近くの馬橋や小金などの宿場でも押し込みが起きてましてね。うちも戸締まりを厳重にしたところです」

「何もなければいいんですけど」

　二人の客が答えた。

「流山の味醂づくりのお客さんからも聞いたけど」

　おちよの眉が曇る。

「またあんみつさんが来たら伝えておかないとね」

　隠居が言う。

「江戸の火事で焼け出された悪党のしわざかもしれませんね」

　鯛の南部焼きをつくりながら、時吉が言った。

　胡麻を使った料理には南部の名がつく。醤油と酒に黒胡麻を散らした地に鯛の身を浸けてからこんがりと焼きあげた南部焼きは、渋い大人の味がする。

「なら、千吉が成敗してこい」

　長吉が戯れ言を飛ばした。

「余計なことを言わないで、おとっつぁん」

おちよがすかさず文句を言う。

だが……。

千吉は真顔で祖父に答えた。

「気張るよ、じいじ」

「おう、その意気だ」

古参の料理人の目尻に、いくつもしわが寄った。

三

それからいくらか経った。

流山へ出立する日が近づいてきた頃合いに、よ組の火消し衆がのどか屋ののれんをくぐってきた。

横山町は縄張りではないのだが、三河町にいたころからの付き合いだ。それをよしみに、ときどき顔を出してくれる。

「火事場のほうはひと区切りつきました？」

おちよがたずねた。

火事の日だけが火消しのつとめではない。焼け跡の検分をして、剣呑なところはないかどうか見廻って手も動かす。そういった地味な日々のつとめもあった。

「まあ、なんとか」

かしらの竹一が日焼けした顔をほころばせた。

「これからは建て直すばっかりで」

纏持ちの梅次も言う。

「火消し衆の力あってこそだからな」

一枚板の席から、万年同心が言った。

「なんの。いざ火が出ちまったら、家をたたきこわすしか能がねえもんで」

よ組のかしらが答える。

「おいら、火を消すために火消しになったのによう」

「消せる火ってのは少ねえからな」

「でもよ。家をたたきこわして燃え移らねえようにするのも、立派な火消しじゃねえか」

「そう思わねえと、やってられねえな」

火消し衆が口々に言った。

「ま、火は火でも、こういう火のほうがいいな。食ってうめえしよう」

万年同心がそう言って、鉄火味噌を口に運んだ。

「大豆の下ごしらえをしたんだよ」

千吉が胸を張る。

「そうかい。いい按配になってら」

味にうるさい同心が目を細めた。

大豆と細かく刻んでさっとゆでた人参と牛蒡を炒め、味噌と味醂を加えてとろみがつくまで練る。これに青紫蘇の千切りを加えてまぜこめば、酒の肴に良し、飯にのせても良しのひと品ができあがる。

「火だけはもうこりごりですな」

元締めの信兵衛が同心の隣で言った。

大松屋の内湯など、大火でやられたところの普請はあらかためどがついてきたようだ。

「まったくだ」

「で、さっきの押し込みの話ですけど」

おちよが言った。

万年同心がのれんをくぐってきてくれたので、松戸の客から聞いた例の話を伝えたところだ。

「おう。あんみつの旦那の耳にも入ってはいるようだ」

万年同心が答えた。

隠密廻りの今日のいでたちは薬売りだ。のどか屋を定宿にしてくれている越中富山の薬売りがたまたま出くわして驚いたと笑い話になったほどの、堂に入ったやつしだった。

「地獄耳ですからな、あの旦那は」

信兵衛が耳に手をやった。

「で、咎人のあたりはついてるんですかい？」

かしらの竹一がたずねた。

「いや、あいにくまだそんなところまではいってねえようだ。八州廻りや代官所にもつないで、網は張ってるんだがな」

万年同心はそう言って、いくらか苦そうに猪口の酒を干した。

「江戸のほうが押し込みにくいのはたしかですからな」

と、竹一。

「そうそう。番所や木戸の数が半端ねえから」

梅次も和す。

「そこんとこを思案すりゃあ、江戸の近場で銭を持ってそうなとこに押し込むのが賢いかもしれねえ」

「知恵の回る悪いやつだっているから」

「剣呑な話だぜ」

火消し衆がさえずる。

「銭だけじゃなくて、値の張る茶器なども狙うらしい」

と、同心。

「ほう。なかなかの目利きなんですね」

信兵衛が言った。

「悪党をほめちゃいけねえや、元締め」

「ああ、そりゃそうだ。つい口がすべっちまった」

元締めは口に手を当てた。

「ま、何かのきっかけがありゃ、尻尾をつかめるかもしれねえ。こうやってな」

万年同心はひょこひょこ歩いてきたゆきの尻尾をやにわにつかんだ。

「うみゃ」

猫が何するにゃとばかりにないたから、のどか屋に笑いがわいた。

四

いよいよ出立の日が近づいてきた。

句会の日取りは決まっているから、それに合わせて支度を整えなければならない。流山の味醂づくりが駕籠を手配してくれるため楽ではあるのだが、千吉と季川、わらべと年寄りをつれての旅だから、時吉としても気を遣うところがあった。

留守を託す料理人がなかなか顔を見せないのも気がかりだったが、だいぶ押しつまってから長吉につれられてやってきた。茅ヶ崎生まれの桜吉だ。

「遅くなりました。風邪の具合がなかなか良くなりませんで」

上背のある細身の若者が申し訳なさそうに言った。

「ああ、留守中はよろしく」

時吉は笑みを浮かべた。

「代わりを探そうかとも思ったんだがよ。なんとか治って良かったぜ」

長吉が言う。

「風邪が長引くと大変ですからね。もう咳は出ない？」

おちよが問うた。

「ええ、おかげさまで。お客さんにうつしたりしたら大変ですので」

桜吉は如才のない受け答えをした。

「こいつ、わりかた口は回るんで。腕はまだまだ甘いんだが」

師匠が言った。

「へい、これから気張りますんで」

桜吉が頭を下げた。

「おにいちゃん、猫が好きだって？」

千吉がたずねた。

「ああ、好きだよ。家が漁師の網元（あみもと）だったから、猫は生まれたときから周りにわしゃわしゃいた。米は欠かしても、猫は欠かしたことがなかったんだよ」

桜吉は妙な自慢をした。

その足もとへ、さっそく人なつっこいちのが身をすり寄せてきた。

じめた。

「おお、よしよし、よろしくな」

若い料理人が首筋をなでてやると、茶白の縞猫は気持ちよさそうにのどを鳴らしはじめた。

「よし、なら、ちょいと腕を見てもらえ」

長吉がうながした。

「毒味役もいるからね」

一枚板の席に陣取った隠居が笑みを浮かべる。

「承知しました。何をおつくりいたしましょうか」

桜吉は時吉のほうを見た。

「今日はいい鰹が多めに入ったから、昼の膳は手こね寿司にした。それでもまだ余ってるので、たたきをつくってくれ」

「へい」

若者はいい声で答えた。

「手こね寿司は評判でしたよ」

おけいが言った。

「ほんと、まかないでいただいたけれど、ほっぺたが落ちそうで」

おそめがほおを指さした。

醬油と味醂を二と一の割にした浸け地に、そぎ切りにした鰹の身を浸けて味をなじませる。身を崩さないように手で寿司飯にまぜ、青紫蘇、生姜、胡麻、仕上げにちぎった海苔を加える。鰹のづけの味が頼りだから、寿司飯はしっかりした味つけにしておくのが骨法だ。時吉の手こね寿司は、そのあたりの加減が絶妙だった。

「なら、それに負けねえようなたたきをつくれ」

長吉が言った。

「師匠は厳しいねえ」

と、隠居。

「いつも泣いてます」

桜吉が噺家(はなしか)みたいに泣きまねをする。

「んな無駄口はいいから、手を動かしな」

長吉が身ぶりをまじえた。

「へい」

桜吉の包丁さばきは、たしかにいささか危なっかしいところがあった。末広に串を打って塩を振って焼くところまではまあまあだったが、八重(やえ)づくりがどうにも不格好だ。

「いちいち厚みをたしかめたりしてるから、かえってそろわねえんだ。しゃっしゃっと手際よくやれ」

長吉が叱咤する。

「へい」

桜吉はなおも悪戦苦闘しながら、どうにか鰹のたたきを仕上げた。

「烏帽子盛りにするんならこれでもいいが、見場良く盛りつけなきゃならねえ料理だったら、松竹梅の梅より下だぜ」

師匠は渋い顔で言った。

「梅より下だと何だろうねえ」

隠居がふと首をかしげる。

「竹のはるかに下だから、せいぜい筍だ」

と、長吉。

「筍はご飯に良し天麩羅に良しで」

桜吉が言い返す。

「減らず口たたいてるんじゃねえや」

師匠は渋い顔つきになった。

「烏帽子盛りって何？　おとっつぁん」

おちよが訊く。

「茅ヶ崎に烏帽子岩っていうちっちゃい島があるんです」

桜吉が先に答えた。

「烏帽子の形をしてるからそういう名がついたんですが、飯でも刺身でも、烏帽子の形に盛りつけたらお客さんが喜ぶんじゃないかと思いまして」

「へえ、先のことまで考えてるのね」

おちよが笑みを浮かべた。

「絶景や飯も魚も烏帽子なり……か」

隠居が発句を放つ。

「わあ、おいしそう」

おそめが思わず声をあげた。

「海を見ながらいただいたらおいしそうね」

おけいも和す。

「……膳の向かふは光の海で」

おちよは付け句を口にした。

「ありがたく存じます。そんな按配で、いい景色を見ながらおなかも一杯になるような見世を出せたらいいなと思ってます」

若者は夢を語った。

「ただ、いくら田舎の網元料理って言ったって、もうちょっと腕を上げねえことにはな」

長吉がクギを刺す。

「へい。気張ってやります」

桜吉は引き締まった表情で答えた。

「気張ってね」

千吉も声を送る。

猫まで「みゃあ」とないたから、のどか屋にふわっとしたあたたかい気が漂った。

第五章　千住なる宿の恵みは鰻茶かな

一

駕籠が二挺来た。

いよいよこれから、流山へ向かって出立だ。

味醂づくりから文が来て、「流山から駕籠をやるとむやみにかかりが増えてしまうため、そちらで手配していただき、当地にて精算を」ということになった。時吉は健脚だから駕籠は要らない。隠居と千吉、駕籠は二つでいい。

江戸から流山までは、駕籠を乗り継いでいくことになった。同じ駕籠かきに運ばせるわけにはいかない。千住からは宿駕籠に乗り換えるという段取りだ。

「では、あとを頼みます」

時吉は信兵衛に言った。

「ああ、お気をつけて」

元締めが軽く片手を挙げた。

「いってらっしゃいまし」

厨から桜吉がいい声を出した。

腕はまだまだ甘いが、とりあえず元気だけはある。

「悪いが、厨も頼むぞ、ちよ」

時吉は女房に言った。

「あいよ。しばらくは女料理人で」

おちよは包丁を握るしぐさをした。

「おかみさんは上手だって聞いたんで、細工仕事を教わります」

桜吉は調子良く言った。

「なら、気をつけていってらっしゃい」

おちよは千吉に言った。

「うん、楽しみ」

千吉が笑みを浮かべる。

「うみゃ」

黒猫のしょうが「つれていけ」とばかりにすり寄ってくる。

「しょうちゃんはお留守番」

千吉が首を軽くぽんとたたいた。

仕方ないにゃ、とばかりに、猫は前足をなめだした。

「では、幸い空模様も良さそうだし、道中を楽しみながら行こうか」

隠居が温顔で言った。

「うん。まずは千住まで」

千吉が答える。

「そうだな。名倉の若先生はびっくりするぞ」

時吉が笑みを浮かべた。

おちよが厨に入るため、おけいとおそめに加えて、おこうものどか屋番として入ることになった。これで呼び込みにも出られる。留守の備えは万全だ。

「なら、そろそろ行きますかい？」

駕籠屋が声をかけた。

「そうだね。今日は千住までだ」

隠居が先に乗りこんだ。

「お留守番、よろしくね」

酒樽の上で余裕の香箱座りをしているのどかに向かって、千吉が言った。

「頼むぞ」

時吉もしゃらんと鈴を鳴らしてやった。

「みゃ」

貫禄のある守り神が短くないて見送った。

二

「まあ、お久しゅうございます。坊やはずいぶん大きくなられましたね」

そう言って目を瞠ったのは、柳屋のおかみだった。

以前、野田の醤油づくり、花見屋へ出かけたときも、千住のこの旅籠に泊まったことがある。隠居は初めてだが、時吉と千吉とは顔なじみだ。

「うん。足もすっかり良くなったよ」

千吉はその場で足踏みをしてみせた。

「ほんと……良うございましたねえ」

気のいいおかみは心をこめて言った。

「明日、名倉の先生にお見せすることにしているんです」

時吉が言った。

「きっと驚かれますよ。ともあれ、今夜はごゆっくりお過ごしくださいまし。お膳の支度ができましたら、またお声をかけさせていただきますので」

おかみは愛想良く言った。

その後は、季川を紹介した。江戸でも指折りの俳諧師で、小林一茶ゆかりの流山の味醂づくりに招かれて句会へ行くところへ一緒についてきた、と時吉がいくらか下駄(げた)を履かせて告げたところ、

「さようでございますか。それでしたら、もしよろしければ、手前どもの宿のために短冊などを賜れば幸いなのですが」

おかみはさっそく身を乗り出してきた。

「はは。では、思いついたらしたためておきましょう」

隠居は気安く請け合った。

「ぜひお願いいたします」

おかみはていねいに頭を下げた。

夕餉は名物の鰻づくしの膳だった。

千住に近い尾久は鰻の産地だ。そこから運ばれてくる活きのいい鰻を使った料理が柳屋の名物だった。

「久々だが、うまいな」

大平皿に盛られた蒲焼きを食しながら、時吉が言った。

「うん、洗いもおいしい」

千吉が相好を崩す。

「焼き豆腐と炊きこんだ鰻の煮物は、この歳で初めてだねえ」

季川がうなった。

「豆腐が味を吸って、ことのほかうまいですね、ご隠居」

箸を動かしながら時吉が言う。

「そうだね。片や、大根おろしと薬味がたっぷりのった鰻の酢の物はさっぱりしていてべつのうまさがあるね」

「ここでいただいたあと、のどか屋でもお出ししたくらいですから」

時吉が笑みを浮かべた。

「お待たせいたしました。鰻茶と肝吸いでございます」

頃合いを見て、あるじと料理人があいさつがてら料理を運んできた。

初めのうちはおかみが客あしらいをし、勘どころだけあるじが受け持つのが柳屋のやり方らしい。

「もうおなかいっぱい」

千吉がぽんと一つかわいい腹をたたいた。

「鰻茶は別腹でございますから」

あるじは如才なく言った。

「お味はいかがでしょう」

料理人がやや緊張の面持ちで問うた。

「相変わらずまっすぐな味で、どれもおいしいですよ」

時吉がそう答えると、実直そうな料理人はほっとした顔つきになった。

「鰻が成仏してるよ。いい味だね」

隠居も和す。

「恐れ入ります」

「では、どうぞごゆっくり」

つとめを果たした二人は、座敷から下がっていった。

たしかに、鰻茶は別腹だった。

山椒の香りも涼やかな鰻の蒲焼きを飯にのせ、葱と山葵の薬味を添え、やさしい味のだしを張っていただく。いくらでも胃の腑に入る味だ。

「千住なる宿の恵みは鰻茶かな」

隠居が満足げに発句を口にした。

「ちよがいないから、おまえが付け句をやってみな」

時吉は跡取り息子にいきなり水を向けた。

「んーと……ほんとにおいしい鰻茶はおいしい」

千吉がわらべなりに思案してからそう口走ったから、旅籠の座敷に笑い声が響いた。

三

「これほどまでに効き目があるとは……思案してつくった甲斐がありました」

名倉の若先生が少し紅潮した顔で言った。

「本当に先生のおかげです。ありがたく存じました」

時吉は深々とお辞儀をした。

「ありがたく存じました」

千吉も神妙な面持ちで頭を下げた。

「良かったね」

若先生は破顔一笑した。

いまも伝統を守っている名倉医院は、明和(めいわ)年間に開業した。爾来(じらい)、「千住の骨接ぎ」「骨接ぎの名倉」として江戸にもその名をとどろかせてきた。江戸から療治に来ると泊まらなければならないから、その客目当ての旅籠がいくつもできたほどだ。

「もうゆっくりとなら走れたりできるんです」

時吉が伝えた。

「そうですか。それは良かったです」

若先生は目を細くした。

「厨で立って仕事もできるよ。鍋を振ったりするの」

千吉は身ぶりで示した。

「それはすごいね。あ、ちょっと待っててくれるかな。千吉ちゃんと同じ添え木を始めた子がいるから」

若先生はそう言うと、立ち上がって待合場のほうへ向かった。

ややあって、四つくらいの男の子が親に手を引かれて入ってきた。

「この子も生まれつき足が曲がっていて、初めのうちはずいぶん難儀をしていたんです。ところが……」

「いまはこうやって走れるんだよ」

千吉はそう言うと、療治場をどたばたと走りだした。

「これ、ぶつかったら大変だ」

時吉がたしなめる。

「添え木をするところから始めたら、数年でこんなに動けるようになったんですよ」

若先生が笑顔で言った。

「わあ、すごい」

男の子の瞳が輝く。

「それは望みが見えてきました」

あきんどとおぼしい父親も声を弾ませた。

「毎日、稽古してたらちょっとずつ治るからね。気張ってね」

千吉は親身になって言った。

「うん」

男の子は大きくうなずいた。

四

「では、お気をつけて」

柳屋のおかみがていねいに頭を下げた。

「また帰りに世話になるよ」

隠居が温顔で言った。

「結構な短冊を頂戴いたしまして」

旅籠のあるじも腰を低くして言った。

時吉と千吉が名倉へ出かけているあいだ、隠居は旅籠で短冊を書いたり書見をしたりして待っていた。短冊にしたためたのは、例の鰻茶の句だ。

「なに、目立たないところへ飾っておいておくれ」

「これで鰻茶も名物になってくれるかもしれません。ありがたいことでございます」

おかみは如才なく言った。

ほどなく、宿駕籠が来た。まずは松戸の渡し場までだ。

万が一、川止めを食っても間に合うように、早めにのどか屋を出ている。この按配なら、今日は松戸に泊まり、流山へ明日じゅうに着けば良さそうだ。

「なら、帰りにまた」

千吉が元気に言って、まず駕籠に乗りこんだ。

「はい、お待ちしております」

「道中、お気をつけて」

おかみとあるじに見送られて、一行は千住の旅籠を出た。


江戸川の岸で駕籠を下り、渡しの順を待った。

幸い、さほど待たされずに船に乗りこむことができた。

千吉は二度目だ。波も立っていなかったから、ほうぼうに目を走らせ、楽しそうに揺られていた。

野田へ行ったときに泊まった宿は、折悪しく埋まっていた。時吉がばたばたと動き、三軒目でやっと旅籠が見つかった。

松戸といえば、鰻の佃煮が名物だ。その旅籠でも出るには出たが、味つけがいま一つ浅かった。ほかの料理も芳しくない。そもそも、器が欠けたりしていた。

「外れを引いてしまったようで、相済みません」

時吉は隠居に謝った。

「なんの。こういう宿にしちゃいかんという教えになるじゃないか」

隠居は箸で酒の肴の香の物を示した。

盛り合わせだが、どれもこれも饐えたような味がする。

「ご案内の声も小さかったよ」

千吉はそう言うと、ふわっと大きなあくびをした。

「眠そうだな。明日は早いから、もう寝なさい」

時吉はそううながした。

「はあい」

よほど眠かったらしく、千吉は素直に布団に向かった。

「では、わたしもちょいと疲れたので早めに寝るかね」

隠居が箸を置いた。

「そうですね。この肴だと、酒も進みませんから」

時吉は苦笑いを浮かべた。

五

翌朝、三人は新たな駕籠で流山に向かった。

まずは小金宿までだ。

千吉の駕籠をかつぐ二人は話し好きで、小走りで並走する時吉としきりに会話をしながら脚を動かしていた。

「このところ、松戸から流山にかけて押し込みがいろいろ起きてるそうだね」

時吉はたずねた。

「へい、そうなんでさ」

「茶壺とか盗っちまうそうで」

「おいらんちの茶碗だったら、何の値打ちもねえけどよ」

「茶壺と茶碗は違うだろうよ」

先棒と後棒が掛け合う。

「街道筋を股にかけてるんだな」

時吉が言った。

「そうなんで」

「そのせいで、咎人は駕籠屋じゃねえかって疑われて」

「おいらたちまでお調べを受けました」

「えれえ迷惑で」

駕籠屋は顔をしかめた。

「そりゃあ腹立たしいね」

と、時吉。

「まったくで」

「おれら、こうやって汗を流して稼いでるのによう」

「盗賊なんぞと一緒にしてもらっちゃ困るぜ」

駕籠屋は不満たらたらだった。

小金宿で駕籠を下り、蕎麦屋で腹ごしらえをすることになった。

昼だから、ひとまずはもりでいい。千吉も慣れた箸さばきで蕎麦をたぐった。

「この分なら、日が暮れる前に流山に着きそうだね」

隠居が笑みを浮かべた。

やらどうやら鰹だ。


「なら、一杯やっていきますか？」

時吉が水を向けた。

なかなかの老舗のようで、昼から小上がりの座敷で呑んでいる客もいる。肴はどうやら鰹だ。

「呑んでから駕籠に揺られるのは剣呑だが、まあ徳利一本くらいなら」

隠居は指を一本立てた。

もりのお代わりに、鰹のあぶり、それに千吉には焼き団子を頼んだ。

「はーい、甘い餡をかけてありますからね」

愛想のいいおかみが、まず千吉の品を運んできた。

時吉は軽くうなずいた。わらべは待たせるとぐずることがあるから、まず先につくって運ぶ。のどか屋でもそのように心がけていた。

「わあ、おいしそう」

千吉が歓声をあげた。

次は鰹のあぶりが来た。

「一茶の俳諧集を繙いていたら、『鰹一本長屋のさわぎかな』という句が目にとまってね。長屋の衆のにぎやかな声や顔まで見えてくるような句じゃないか」

「なるほど。鰹が入ったというので、大騒ぎになってるんですね」

時吉がうなずく。

「『鰹来て長屋の衆のさわぎかな』じゃいま一つだが、『鰹一本』の字余りですぱっと切るところが、さすがは一茶の冴えだね」

俳諧師として流山に招かれた季川はそう言うと、ほどよい焼き加減のあぶりに箸を伸ばした。

蕎麦は野趣あふれる太打ち（ふとう）だが、こしがあって、これはこれでうまかった。蕎麦湯もどろりと白く濁っていて、呑めば身の養いになりそうだ。

「ごちそうさまでした」

千吉が元気良く言った。

「帰りも寄ってね」

おかみが笑顔で言う。

「うん」

焼き団子が気に入ったらしい千吉は、力強く答えた。

六

その後は新たな駕籠で流山へ向かった。

味醂づくりの秋元家の客と聞いた駕籠屋の愛想はひどく良かった。

「味醂は流山のほまれっすから」

若い先棒が言う。

「そうそう。味醂づくりの旦那がたのところへ行くお客さんは、これまでいくたびも運んでまさ」

年かさの後棒が笑みを浮かべた。

「秋元家ばかりじゃなくて、ほかにもいろいろあるからね」

駕籠の中から隠居が言う。

「へい。堀切(ほりきり)家も有名でさ」

「江戸でも評判だそうで」

駕籠屋が自慢げに言う。

堀切紋次郎(もんじろう)が編み出した白味醂は好評を博し、のちに「万上(まんじょう)みりん」として一世を風靡(ふうび)した。

「うちでも使ってるよ」

千吉が言った。

「うちは料理屋でして」

時吉が言葉を補った。

「へい、そうですかい」

「江戸の料理屋さんが流山の味醂づくりのところへ」

調子よく走りながら、駕籠かきが言う。

「わたしは俳諧をやっているので、句会にも出させていただくことになってね」

隠居が前の駕籠から言った。

「へえ。俳諧師さんで」

「なら、駿河屋(するがや)さんのとこですかい?」

「駿河屋とは?」

並走する時吉が問うた。

「わりかた新しいお茶の問屋さんで」

「立派な茶室があって、そこで句会を開いてるんでさ」

駕籠屋がすぐさま答えた。

「茶問屋の茶室か。いいお茶をいただけそうだね」

季川が上機嫌で言った。

そうこうしているうちに、田畑の向こうに一軒また一軒と家が見えはじめた。

「あっ、煙突があるよ」

千吉が指さす。

「味醂づくりの蔵でさ。えっ、ほっ」

「そろそろ着きますんで。えっ、ほっ」

駕籠屋が掛け合う調子がいくらか速くなった。

ほどなく、秋元家の屋敷が見えてきた。

流山の逗留先に着いたのだ。

第六章　きみ食はずや黄身酢の冴えし一料理

一

「ようこそのお越しでございます」

秋元家の当主、六代目の三左衛門がていねいに一行を出迎えた。

「お疲れでございましたでしょう。まずは夕餉までゆっくりお休みくださいまし」

いつものどか屋に来ている弟の吉右衛門が笑みを浮かべた。

「さすがに駕籠の乗り継ぎは疲れたね」

隠居が言った。

「せがれともども、お世話になります」

時吉は頭を下げた。

「よく来たねえ、千吉ちゃん」

　番頭の幸次郎がほほえみかけた。

「楽しかったよ、駕籠」

　千吉はけろっとした表情で答えた。

　秋元家にも同年配のわらべがいた。さっそく庭に出て遊びはじめる。物怖(ものお)じしない千吉は、すぐ打ち解けた様子だった。

「では、荷を運ばせていただきます。かつては一茶さんが逗留された離れでようございましょうか」

　六代目三左衛門が訊いた。

「ほう、それは願ってもないことで」

　隠居の白い眉が下がる。

「次々に発句ができますよ、ご隠居」

　時吉が軽口を飛ばした。

　流山といえば味醂。味醂づくりといえば、秋元家か堀切家。数ある醸造元のなかでも双璧と言われる名家だ。一茶が好んだ離れも、格別に華美ではないが洒落(しゃれ)た書院(しょいん)造(づくり)で、旅装を解くなりずいぶんと落ち着いた。

おかみが茶を運んできた。

「母屋には内湯もございますので、夕餉のあとにでもお使いくださいまし」

片滝縞の着物がよく似合うおかみが如才なく言った。

句会なども催しているから、客には慣れている様子だ。

「ありがたく存じます。せがれが喜びます」

時吉も笑顔で答えた。

離れには茶器もとりどりにそろっていた。秋元双樹と号する俳諧師でもあった先代が蒐めたものらしい。

「こういった蒐集にも人柄が出るものだね」

花瓶や湯呑みなどをひとわたり検分してから、季川が言った。

「なるほど、そういうものですか」

と、時吉。

「一茶と親しかった先代さんは、あまり奇をてらったものは好みじゃなかったようだね。渋好みでもない。その証に、まっすぐで明るい陶器が多いじゃないか。どれもこれも、あたたかい日が差しているような感じがするよ」

隠居は身ぶりで示した。

時吉は陶器に明るいわけではなく、のどか屋の器もおちよに選ばせているくらいだが、そう言われてみるとそんな気がしてきた。

ほどなく、夕餉の支度が整った。

江戸からの客は母屋の座敷に移った。

二

「料理人さんにお出しするような凝ったものではございませんが、ことにいい味醂を使ってつくらせていただきました」

「どうぞお召し上がりくださいまし」

味醂づくりのあるじとおかみが笑顔で言った。

「ありがたく存じます。頂戴します」

時吉は一礼した。

「おいしそう」

千吉がさっそく箸を取る。

川鱒（かわます）の照り焼きには、むろんのこと味醂が用いられていた。ちょうどいい按配の焼き加減だ。

「時さんの前だが、料理の甘みはやはり砂糖より上等の味醂だね」

隠居はそう言って、根菜の煮物に箸を伸ばした。

「そうですね。深みが違います」

時吉がうなずく。

「お酢とまぜてもおいしいよ、味醂は」

跡取り息子の顔で千吉が言った。

「そうだな。これは三杯酢だ」

時吉は胡瓜と茗荷と若布の和え物を指さした。

「若布は干したやつ？」

千吉が問う。

「ああ、干し若布だ。よく分かるな」

「生とは食べ味が違うから」

千吉は大人びた口調で言った。

そこでまた料理が運ばれてきた。

「わあ、きれい」

千吉が思わず歓声をあげる。

「いつも運んでいただいているもので」

「今日は手前どもが」

吉右衛門と幸次郎が運んできてくれたのは、鮮やかな彩りのひと皿だった。

「ほう、これは？」

時吉が問う。

「海老と若布の黄身酢（きみず）でございます」

味醂づくりの外回りを担っている男が答えた。

「先日から皆で思案していた料理で」

番頭が言葉を添えた。

「ほう、黄身酢とは贅沢だね」

隠居が笑みを浮かべた。

「どうつくるの？」

千吉が問うた。

「玉子の黄身に、味醂と酢と塩少々を加えてまぜる」

父がすぐさま答える。

「ここでも味醂が隠し味なんだね」

と、千吉。

「うちではあんまり隠れておりませんが」

吉右衛門が笑った。

「看板でございますからね」

幸次郎が和す。

「ともあれ、ごゆっくり」

「ごはんのお代わりはいくらでもお申し付けください」

二人はそう言って下がっていった。

ほどよくゆでた海老の赤、若布の深い緑に、貝割れ菜のさわやかな青。

そういった色鮮やかな食材を、土俵の趣で黄身酢が下から支えている。

器もいい。かすかな青みのある陶器の平皿だ。食材を引き立てるのにはもってこいの器だった。

「見て良し、食べて良し、だね」

隠居が相好(そうごう)を崩した。

「海老の甘みを、黄身酢の甘みと酸味が絶妙に引き立てていますね」

時吉はそう評した。

「若布にも合うよ」

千吉も笑みを浮かべる。

「黄身酢は湯煎をしながら、ゆっくり木べらを動かしてとろみをつけていくんだ。そのあたりも抜かりがないな」

時吉は感心の面持ちで言った。

味醂づくりばかりでなく、先代の秋元双樹から風流の道でも名を響かせている流山の名家らしい料理だ。

「では、ここいらで一句」

おちよではなく、千吉が隠居に言ったから、座敷に和気が漂った。

「千坊から言われるとは思わなかったよ」

さもおかしそうに言うと、隠居は思案をまとめてからやおら矢立を取り出した。

「半ば地口だが、こんな句はどうかね」

季川はそう言いながら、いつものうなるような達筆で発句をしたためた。

きみ食はずや黄味酢の冴えし一料理

「さあ、千吉が付けるんだぞ」

時吉がうながした。

「えー、おとうが付けてよ」

千吉は困った顔になった。

「おとうは不調法だからな。おまえがやれ」

時吉は命じた。

やむなく千吉が付けたが、以前の付け句と似たようなものだった。

　やつぱりおいしい海老はおいしい

「それなら、いくらでもできるじゃないか、千坊」

隠居がそう言って笑った。

三

　驚いたことに、翌日の朝膳には豆腐飯が出た。

「手前が舌で覚えて、このところつくってもらっているのですが、いかがでございましょうか」

　吉右衛門がたずねた。

「わたくしはのどか屋さんでいただいたことがないもので本場の味かどうかは分かりかねますが、これはこれでおいしいような気がいたします」

　当主の六代目三左衛門が言った。

「いくらか味醂が多めですが、おおむねこれでいいかと存じます。おいしいですよ」

　世辞ではなく、時吉は答えた。

「ちょっと甘くておいしい」

　千吉が笑みを浮かべた。

「あんみつさんが喜びそうだね」

　隠居が言う。

「あんみつさん、と申しますと?」

三左衛門がたずねた。

「食べ物は甘ければ甘いほどいいという変わったお人でね」

「どんな料理にも味醂をたくさんかけてお出ししています」

時吉も言った。

「さようですか。それは上得意でございますね」

味醂づくりの当主が笑った。

味醂ばかりでなく、流山では味噌や醬油も醸造している。具だくさんの朝の味噌汁もなかなかの美味だった。

それに加えて、膳のあとの茶がまたうまかった。

「いい葉を使ってるねえ」

隠居が感に堪えたように言った。

「駿河屋さんが来てくださってから、いいお茶をいただけるようになりました」

三左衛門が言った。

「駿河の上等の茶葉をあきなっておられますから」

弟の吉右衛門が和す。

「そりゃあ本場だからね」

と、隠居。

「明日の句会では、いちばん上等な玉露(ぎょくろ)を出してくださるはずです。いまから楽しみで」

「器がまたいいからね、兄さん」

吉右衛門が言った。

「ああ、目の養いになるよ」

秋元家の当主は目を細めた。

四

朝膳が終わると、味醂づくりの場を見学することになった。

千吉にとっては、何よりの学びになる。

「いつもお世話になってる江戸の旅籠付きの小料理屋さんと、その跡取り息子さんだ。勘どころを教えてやってくれ」

吉右衛門がねじり鉢巻きの男に言った。

「へい、ようがすよ。あっしは仕込み頭の卯之助で」

いなせな男が言った。

「のどか屋の時吉と申します。どうかよしなに」

時吉は頭を下げた。

「千吉です。よろしゅうに」

千吉も大人びたあいさつをした。

「おお、元気だな、坊」

仕込み頭は笑みを浮かべると、さっそく広い場を案内しはじめた。

酒づくりなら杜氏だ。卯之助が顔を見せるだけで、仕込みの場に張りつめた気が漂う。

大きな釜や樽から、焼酎や糀などの香りが漂ってくる。褌一丁の屈強な男たちが、折にふれてかけ声を発しながら働いているさまは、なかなかの壮観だった。

「あの桶は何？」

千吉が指さした。

「お酒臭いだろう？　千坊」

吉右衛門が言った。

「うん」

「ありゃあ焼酎でさ。あれがなきゃ味醂はできねえ」

仕込み頭の卯之助が指さす。

「焼酎だけでつくるの？」

千吉が問う。

「いやいや、白米やもち米も使うんだ。順を追って教えるからな」

卯之助はそう言うと、きびきびと歩きながら一つ一つ教えていった。

玄米（げんまい）から精白した米は、洗ってひと晩水に浸けておく。これを蒸して糀部屋に置いておくと、三日後に糀になる。

もち米も洗って蒸し、筵（むしろ）に広げて冷ます。

「坊にはまだ早（はえ）えが、夫婦（めおと）で見世を切り盛りしたりすらあな」

卯之助が言った。

「うん、うちもそうだよ」

と、千吉。

「味醂づくりも似たようなもんだ。糀ともち米、どっちが亭主でどっちが女房か分かんねえけどよ。その夫婦が焼酎のでけえ桶の中へ入（へえ）っていいつとめをするわけだな」

仕込み頭はそんなたとえ話をした。

「それで味醂ができるの？」

千吉が問う。

「いや、そんなに甘えもんじゃねえんだ。味醂は甘いがよ」

卯之助は笑みを浮かべた。

「そこからは根気が要るんでしょうね」

時吉が問うた。

「いまちょうどやってまさ」

仕込み頭が案内してくれた。

声を合わせて、大きな桶に入れた櫂（かい）を動かす。そのように人の力を使って掻き回すことが肝要らしい。

「一回だけじゃねえぜ、坊」

卯之助が言った。

「何度もやるの？」

「おう。七日置きにああやって櫂で掻き回すんだ。そうすりゃ、二月（ふたつき）経ったら甘みが出てくる」

「二月もかかるんだ」

千吉は感心の面持ちになった。

「それから味醂へは？」

時吉が先をうながした。

「こっちでさ」

仕込み頭はべつの桶へいざなった。

甘みが出てきたところで絞り、べつの桶に移して十四日経つと濁りが下へ溜まり、澄んだ白味醂ができる。

「季によってできるまでの時が違ってきます。夏なら四十日くらいですが、冬は七十日ほどかかりますね」

今度は吉右衛門が説明した。

「白味醂に九年酒を足すと、色のついた味醂になるんでさ」

卯之助が言った。

「九年酒というのは？」

時吉が問う。

「白味醂を釜に入れて、炊き減らしたもんでさ」

と、仕込み頭。

「黒い砂糖水みたいなもので。それを足す量によって、味醂の色合いが変わってきます」

吉右衛門が笑みを浮かべた。

「どうだい、坊。手間がかかってるだろう?」

卯之助は自慢げに言った。

「うん。料理をつくるとき、大事に使わないと」

跡取り息子がうなずく。

「いい心がけだね、千坊」

吉右衛門の目尻にいくつもしわが寄った。

五

「さすがは小林一茶と親交の深かった俳諧師だね。日記を読んでいたら時を経つのも忘れたよ」

隠居がそう言って湯呑みを置いた。

時吉と千吉が味醂づくりの場を見学しているとき、隠居は秋元双樹の日記を繙いていた。これもありがたいもてなしの一つだ。

「家族と同じような扱いだったようですね」

時吉が言った。

「そうだね。一茶は流山へ五十回も足を運び、そのたびにここへ泊まっていたそうだ」

隠居は畳を指さした。

「そうなると、もう第二の故郷のようなものですね」

時吉がうなずく。

「そうだね。この地で『夕月や流残り（ながれのこ）のきりぎりす』という発句も詠んでる。さりげなく流山の一字が入ってるところが心憎いじゃないか」

季川の白い眉が下がった。

一茶の話をしているあいだ、千吉はおいしそうに焼き団子を口に運んでいた。

味醂の醸造元らしく、醤油をまぜないただの味醂をかけてある。これがなかなかにうまい。

「どうだ、うまいか」

時吉は千吉に問うた。

「うん。焼き柿もおいしいけど、これもおいしい」

千吉は心底おいしそうな顔をした。

焼き柿はのどか屋でも出している。焼いて甘くなった柿に味醂を回しかけて食すと、びっくりするほどの美味になる。

「あんみつさんが喜んで食べていたね」

隠居が笑みを浮かべた。

「甘いものが好きな方にはこたえられないでしょう。味醂をかけた焼き柿は」

「でも、これもおいしい」

千吉はそう言って、また焼き団子をほおばった。

六

夕餉はまた心のこもったもてなしだった。

江戸川の鰻の蒲焼きに、地の野菜の煮物。いずれにも自慢の味醂が使われている。

「お口に合うかどうか分かりませんが、本直しもご用意させていただきました」

六代目三左衛門が手で示した。

味醂のもろみに焼酎などを加えた酒で、清酒より安価ゆえ好んで呑む人も多い。秋元家はもともと酒造業で、味醂も始めた家系だから、本直しにも筋が一本通っている。

「それはぜひいただきましょう」

季川が言った

「楽しみです」

時吉も笑みを浮かべた。

「本直しって呑める？」

千吉が訊いた。

「お酒なので、千坊にはちょっと早いね」

吉右衛門が答えた。

「もっと大きくなったらな」

と、時吉。

「うん」

千吉は少し残念そうにうなずいた。

「では、ごゆっくり」

「何かあればお申し付けくださいまし」

秋元家の面々は気を利かせていったん下がった。

「昔はこれが上等でね。ことに、夏に井戸水で冷やして呑むとこたえられなかったものだよ」

機嫌良く本直しを呑みながら、隠居が言った。

「この味なら、いまでも上等ですね」

時吉が笑みを浮かべる。

「ほっぺたについてるよ、千坊」

隠居がおかしそうに指さした。

蒲焼きのほかに、里芋と蒟蒻と豆腐の田楽などもふんだんに出ている。味噌も秋元家の手づくりでうまい。どれもこれもおいしいから、次々に食べているうちに、味噌がほっぺたについてしまった。

「ああ、おなかいっぱい」

手の甲で味噌をぬぐってから、千吉は満足げに言った。

料理があらかた片づいた頃合いを見計らって、吉右衛門と幸次郎が姿を現した。

「わあ」

　千吉が思わず歓声をあげる。

「いいものをお持ちしましたよ」

　吉右衛門が言った。

「見ただけで涼しくなるような品で」

　番頭も和す。

「それは、西瓜糖ですね」

　時吉が言った。

「さすがでございますね」

　吉右衛門が笑った。

　西瓜の種を取り、水と砂糖を加えてことことと煮詰める。こうすると、甘みの少ない西瓜でも存分に甘くなって、赤みも鮮やかになる。あとは冷やして涼しげな器に盛れば出来上がりだ。

「ぎやまんの器に入ってるから、なおのこと映えるね」

　隠居が目を細くした。

「ほんと、おいしそう」

　千吉が瞳を輝かせた。

「千坊のためにつくらせたものですから」

吉右衛門はそう言うと、時吉のほうを向いた。

「ところで、明日、茶問屋の駿河屋さんで行われる句会でございますが、のどか屋さんもいらっしゃいますでしょうか」

「いやいや、わたしは不調法なもので、ご隠居さんだけで」

時吉はあわてて言った。

成り行きで連句に加わらされたことがあるが、あのときは冷や汗をかいたものだ。

「では、大橋季川様だけということで」

と、話がまとまりかけたとき、西瓜糖をひとさじ口中に投じてから千吉が言った。

「わたしも行く」

だしぬけに行く。

「おまえが行っても邪魔になるだけだ。ここの子たちに遊んでもらっていなさい」

時吉がたしなめた。

「だって、せっかく来たんだから。勉強のために行く」

千吉はゆずらない。

「何の勉強になるんだ?」

時吉はいぶかしげな顔つきになった。

「うーん……人生の勉強」

千吉がそう言ったから、場がほわっとやわらいだ。

「まあまあ、いいじゃないか、時さん」

隠居が温顔で言った。

「さすがに句座に加わってもらうのは無理だが、見聞を広めるのにはいいだろうよ」

隠居にそう言われたら、連れて行かないと言うわけにもいかない。時吉はしぶしぶ認めた。

「なら、先様に迷惑をかけないように、いい子にしてるんだぞ」

「うん」

千吉は元気よく答えた。

「では、のどか屋さんも？」

時吉に問う。

「こいつを見張ってなきゃなりませんから」

「承知しました。駿河屋さんにそのように伝えておきますので」

吉右衛門がそう言って腰を浮かせた。

千吉は待ちきれないとばかりに、次の匙を口に運んだ。

そして、大きな声で言った。

「甘くておいしい！」

七

「いまごろどうしてることやら」

のどか屋の厨に入ったおちよが言った。

「千坊のこった。皆と仲良くやってるさ」

座敷から湯屋のあるじの寅次が言った。

半焼けになった湯屋の普請は順調に進み、あさってからまたあきないが始まる。一時はさすがに落胆していた岩本町の名物男の顔には精気が戻っていた。

「ならいいんですけど」

と、おちよ。

「なに、心配はいらねえよ」

野菜の棒手振りの富八が言う。

「千ちゃんはどこへ行っても人気者だから」

　おけいが笑みを浮かべた。

　大火を一緒に逃げてきた一人息子の善松はもう大きくなったから、一人で留守番ができる。時吉たちが流山へ出かけているあいだ、おけいがのどか屋に寝泊まりしてくれているのでずいぶんと助かっていた。

「はい、いらっしゃい」

　厨から桜吉が声をかけた。

「おう、いい声を出すじゃねえか」

　そう言いながら入ってきたのは、万年平之助同心だった。

　隠密廻り同心とあって、今日は棒手振りのなりだ。

「どこのあきないがたきかと思いましたよ」

　富八が笑う。

「あきないって言やあ、あさってからまた湯屋をやらしてもらうことになりまして」

　寅次が珍しく神妙な面持ちで告げた。

「お、そりゃめでてえな。なら、前祝いか？」

　そう問うと、万年同心は一枚板の席で寝ていたゆきをどかせて腰を下ろした。

「まあ、そんなとこで」

「岩本町にもやっと湯屋が戻ってきたんで、みんな喜んでまさ」

「そりゃあ重畳だ」

渋く笑うと、万年同心は桜吉のほうを見た。

「どうでえ、包丁の修業のほうは」

「へい、まあ、下手なりに気張ってまさ」

桜吉は答えた。

「おのれのことを下手って言ってるようじゃ駄目だぜ」

と、同心。

「でも、だいぶ包丁が動くようになってきたので。……お待ち」

おちよが枡酒を差し出した。

この時分、酒は冷やで、肴はおまかせで出す。

「いや、おかみさんが上手すぎるんで」

桜吉は苦笑いを浮かべた。

味つけにはいささかむらがあるが、さすがは料理人の娘で、包丁の技の冴えだけを見れば、おちよは時吉にも引けを取らない。細工仕事はむしろ上だ。引きづくりはほれぼれするほどきれいにそろい、けんやつまも細かい。

「ま、おかみの教えを受けてたら、茅ヶ崎に見世を出せるだろうよ」

万年同心はそう言うと、涼しげな鮑のつくりに箸を伸ばした。

「田舎であんまり上品なものを出したら、目を回されちまいますんで」

若者が笑った。

「ところで、安東さまはべつのおつとめで?」

おちよがたずねた。

「それなんだ、おかみ」

万年同心が声を落とした。

「ちょいと御用で、きな臭い糸をつかんだらしくてな。もしかしたら、流山のほうへふらっと」

幽霊同心は妙なしぐさをした。

「流山って、いまうちの人たちが行っているところですか?」

おちよが驚いたように問う。

「まあな」

同心は短く答えた。

「何の御用なんです……って訊かれても答えられねえかもしれませんが」

　座敷から寅次が問うた。

　さきほどから富八とともに素麺をたぐっていた。井戸水できゅっと冷やし、葱や茗荷などの薬味をたっぷりのせて味わう素麺は暑い時分の恵みだ。

「前に、茶壺なんかの贋作を大がかりにやってた一味をとっ捕まえたことがある。大店や大名の上屋敷なんぞも、いいようにやられちまってた」

　同心は答えた。

「するってえと、またそういった贋物を法外な高値で売りつけにきたりしてるんですかい？」

　寅次が問う。

「贋物じゃねえようだが、ま、言えるのはこのへんまでってことで」

　唇の前に指を一本立てて言うと、万年同心は厨のほうを向いた。

「よし、なら、おれが腕を見てやろう。奴豆腐をひと皿つくってくんな」

「奴でございますか」

　桜吉が意外そうに言った。

「そうだ。苦もなくできそうな料理ほど腕が出るもんだ。薬味も含めて、うまそうにつくってくれ」

万年同心は笑みを浮かべた。

「へいっ」

若い料理人は、引き締まった顔つきで包丁を握った。

第七章　なつかしきものすべてあり今朝の膳

一

「わたしは脚に鍛えが入っておりますので」

時吉が手を振って固辞したのは、荷車だった。

これから句会へ出かけるところだ。茶問屋の駿河屋まで、味醂づくりの秋元家から荷車に乗って行く段取りになった。

普段は味醂の樽を運んでいる大きな荷車だ。前と後ろに三人ずつ、屈強な男たちが引き役と押し役で控えている。

「いやいや、せっかくですので、乗って行ってくださいまし」

六代目三左衛門が身ぶりで示した。

「話の種にもなるだろう、時さん」

　すでに荷車に陣取っている隠居が言った。

「ながめも良さそうだよ」

　千吉も瞳を輝かせる。

「あんまり軽いと張り合いがねえんで」

「いつもはもっと重い荷車を引いてますから」

　荷車引きが言う。

　そこまで言われたら、もう断るのも気が引ける。

「では、乗らせていただきます」

　時吉はあきらめて荷車に乗りこんだ。

「なら、あとは頼みましたよ」

　味醂づくりの当主は、仕込み頭に言った。

「へい、行ってらっしゃいまし」

　卯之助が一礼した。

　三左衛門のほかに、弟の吉右衛門も俳諧をたしなむ。隠居と時吉と千吉、併せて五人が荷車に乗って茶問屋に向かった。

二

「寺子屋に通ってるのかい、ええな、坊」

押し役の一人が言った。

「おれんちのせがれにも通わせねえとな」

「荷車引きの子に学びが要るか？」

「子も荷車引きじゃなさけねえじゃねえか。寺子屋くらいはやらねえと」

「なるほど。そいつぁ道理だな」

ほかの二人がさえずる。

「寺子屋は学びになるよ」

千吉が大人びた口調で言った。

「そうかい」

「なら、うちの子にも通わせるか」

「坊みてえに賢くなるかもしれねえからよ」

荷車押したちが笑った。

しばらくは広いにぎやかな道を進んだ。

「お出かけですか、旦那」

三左衛門に声が飛んだ。

代々続いている味醂づくりの当主だから、地元では顔だ。

「これから駿河屋さんの句会にね」

と、三左衛門。

「江戸でいちばんの俳諧師と料理人をお招きしたんだ」

吉右衛門が季川と時吉を示す。

「へえ、そりゃ凄えや」

「江戸でいちばんの料理人はたしかだがね。俳諧師は下のほうだよ」

季川が笑った。

「料理人も下のほうで」

と、時吉。

「そりゃ謙遜が過ぎるよ、時さん」

隠居が言った。

「まあ、何にせよ、荷車で運んでもらったら安心ですね。ここんとこ、このあたりも物騒だから」

外回りのあきんどとおぼしい男が言った。

「そうだねえ。江戸の大火のあと、急に物騒になってしまったからね」

三左衛門の表情が曇る。

「こないだも、取手(とりで)の庄屋が襲われて、家宝の皿なんぞが盗られたそうで」

「怖ろしいねえ」

味醂づくりの当主は首をすくめた。

「なら、楽しんできてくださいまし」

あきんどが言った。

「ああ、ありがとう」

三左衛門が右手を挙げる。

「ほうびの品をもらってくるよ」

吉右衛門も笑って言った。

三

流山の浅間（せんげん）神社には富士塚（ふじづか）がある。

足が弱くて富士に参れない人々のために造られた、本物そっくりの富士山だ。

六根清浄（ろっこんしょうじょう）、お山は晴天……

そう唱えながら頂上に祀（まつ）られた浅間大神に参拝すれば、本物の富士に登るのと同じ御利益が得られると伝えられている。

その富士塚から見えるところに、茶問屋の駿河屋がのれんを出していた。

「あっ、お出迎えですよ、兄さん」

吉右衛門が指さした。

駿河屋の見世先に、遠目でもいい品だと分かる着物をまとった恰幅（かっぷく）のいい男と、おかみとおぼしい女が立っていた。

「恐れ入ります、駿河屋さん」

秋元家の当主が声をかけた。

「お待ちしておりました」

「ようこそのお越しで」

茶問屋の夫婦が笑顔で出迎えた。

「へい、着きました」

「平気だったかい、坊」

荷車引きの一人がたずねた。

「うん、楽しかった」

千吉がそう答えたから、場に笑いがわいた。

「こちらが大橋季川宗匠で」

六代目三左衛門が手で示した。

「大橋季川と申します。そんな、宗匠などというたいそうな者ではありませんが」

隠居が謙遜して言った。

「駿河屋のあるじの善兵衛(ぜんべえ)でございます。昨年より、縁あって流山に茶舗を構え、味醂の醸造元様とも懇意にさせていただいております。どうかよろしゅうにお願い申し上げます」

善兵衛はていねいな口調で言って、深々と頭を下げた。

「お世話になります」

季川も一礼する。

「それから、江戸の旅籠付きの小料理屋のどか屋さんと……」

今度は吉右衛門が紹介を始めた。

「跡取り息子の千吉と申します」

千吉がおのれから口を開いて元気良く言ったから、場に和気が満ちた。

「よく言えたねえ」

善兵衛が笑みを浮かべる。

「元気のいい坊ちゃんで」

おかみも和した。

そんな按配で、一同は滞りなく駿河屋に到着した。

四

去年、移り住んできたばかりとあって、駿河屋の柱も畳もまだ若かった。

一同が通されたのは茶室も兼ねた離れだった。枯山水（かれさんすい）もどきの庭を、飛び石を伝って至るという、なかなかに念の入った造りだ。

「ほっ、はっ……」

千吉が跳びながら進む。

「こら、こけて怪我するぞ」

時吉がすかさずたしなめた。

足が治ったとはいえ、何かの拍子でまた痛めてしまうかもしれない。向こう見ずなことをされると気が気ではなかった。

「こちらでございます。いささか手狭でございますが」

あるじの善兵衛がそう言って、離れに一同をいざなった。

「ほう」

隠居が思わず声をもらした。

「わあ、壺やお茶碗がたくさん」

千吉も声をあげる。

床の間には板が架け渡されてあり、茶碗や小ぶりな壺などが所狭しと飾られていた。

「支度ができるまで、ながめてお待ちくださいまし」

駿河屋のあるじは、にこやかに言った。

「さわってもいいの？」

物怖じしない千吉が問う。

「値の張るものだから、さわったら駄目だぞ」

時吉が怖い顔で言った。

「地震が来てもいいように、値の張る物は棚の上のほうに置かないようにしておりますので」

善兵衛がやんわりと断った。

わらべに好きなようにさせて大事な品を壊されたりしたら泣くに泣けない。

「わたしなどなら臆病なもので、蔵にしっかり鍵を掛けておきますが、駿河屋さんは肝（きも）が太いですね。来るたびに思うんですが」

三左衛門が感心の面持ちで言った。

「そうそう。このところ何かと物騒ですから、お気をつけくださいまし」

吉右衛門も言う。

何かと物騒というのは、行きにも話が出ていた盗賊のことだ。

「ありがたく存じます。さりながら、箱にしまっておいたのでは器が泣きます。見て、さわって、お茶をいれて、花を挿して、使ってやってこそ、器は輝きを増すのです。わたくしはそう料簡して、こうして臆せず飾ってやってるんですよ」

駿河屋のあるじは垂涎(すいぜん)の品が並ぶ棚のほうを手で示した。

「なるほど、深いですね」

三左衛門がうなずく。

「これだけ堂々と飾ってあったら、盗賊もびっくりして逃げますよ」

吉右衛門がそんな戯れ言を飛ばした。

「そう言っていただければ安心です」

駿河屋のあるじが破顔一笑した。

五

句会の支度が整うまで、運ばれてきた茶を呑み、菓子をつまみながら時を待った。

千吉は退屈かと思いきや、そうでもなかった。気を利かせてわらべが喜びそうな菓子をふんだんに出してもらったから、次から次へと手を伸ばしてご満悦だ。

「それくらいにしなさい。一人で食べてるじゃないか」

時吉が小言を言った。

「だって、おいしいんだもん」

千吉は甘いざらめのかかった豆菓子をまたぽりっとかんだ。

「まあまあ、千坊のために出してもらったものですから」

吉右衛門が言った。

「少しくらいならさわってもいいだろう」

隠居がそう言って、棚に置かれていた平皿を手に取った。

「わらべじゃなければ大丈夫でございましょう」

三左衛門が笑みを浮かべた。

「落っことさないように気をつけながら、あらためさせてもらうよ」

そう答えると、季川は真剣なまなざしになった。

ひとしきり検分し、裏の銘をたしかめ、またためつすがめつする。

「まるで本物の骨董屋さんみたいですね、宗匠」

三左衛門が言った。

味醂づくりの名家ゆえ、家にはそれなりに骨董もある。出入りのあきない人もいるゆえ、その所作は目になじんでいた。

「むかし、ちょいと真似事をしたことがあってね」

季川は答えた。

「へえ、それは初耳です」

と、吉右衛門。

「わたしくらいの歳になると、『むかし』がふんだんにあるから」

隠居はそう言って笑みを浮かべた。

「わたしの目には、いずれ劣らぬ名品ぞろいに見えるのですが」

味醂づくりの当主が言った。

「うーん、そうだねえ……」

隠居はややあいまいな顔つきになった。

「ひょっとして、偽物がまじってるんでしょうか」

時吉が問うた。

「いや、はっきり贋作と分かる物はないよ。おそらくは九割方本物だろう」

季川はそう言いながらも軽く首をひねった。

「何かあるの？」

豆菓子にのばそうとした手を止めて、千吉がたずねた。

「まあ、物を蒐(あつ)める人の心持ちというのは、人それぞれだからね」

隠居はいくらか謎めいた答え方をした。

ほどなく支度が整い、駿河屋の善兵衛とおかみ、それに、大蔵（だいぞう）という名の浅黒い顔をした番頭が入ってきた。

句会に出る面々がこれでそろった。

六

千吉が「うへえ」という顔をした。

点（た）てられた茶を、見よう見まねの作法で呑んだのだが、どうも口には合わなかったらしい。

「苦いか」

時吉が問う。

「うん」

わらべが顔をしかめたから、句会の場に控えめな笑いがわいた。

「無理にお呑みにならなくてもよろしゅうございますよ」

あるじの善兵衛がにこやかに言った。

千吉はほっとしたように茶碗を置いた。

「では、段取りでございますが、いかがいたしましょうか」

善兵衛は三左衛門を見た。

「このたびは、江戸から大橋季川宗匠をお招きしての句会でございます。流山勢としても負けない句をつくりたいところですね」

気の入った表情で、味醂づくりのあるじが言った。

「それでは、句合わせがよろしいでしょうかね。あるいは、季川先生に選をしていただくとか」

吉右衛門が隠居を手で示す。

「いやいや、わたしはただ句歴が長いだけで、当地にゆかりのある一茶さんなどとは雲泥の差、選なんておこがましいかぎりですよ」

季川はあわてて固辞した。

「それなら、歌仙(かせん)がいいんじゃないでしょうかね。皆が一つの流れに乗って、船をつくっていくようなものですから」

善兵衛が案を出した。

「なるほど、それはいいかもしれませんね。これまでほうぼうで歌仙を巻いてきましたが、旅先で巻くものは長く心に残るものです」

　季川が少ししみじみとした口調で言った。

「では、そういたしましょう」

　駿河屋のあるじはぽんと一つ手を拍ち、おかみのほうを見た。

　おかみは心得た顔で立ち上がり、紙と短冊を運んできた。

「のどか屋さんも入られるのでしたら、堅苦しい座などの決まり事はなしでよろしいでしょう」

　善兵衛が笑みを浮かべて言った。

「ちょ、ちょっとお待ちください」

　時吉はあわてて手を挙げた。

「わたしはいたって不調法なもので、とても歌仙などは」

　そう言って首を横に振る。

　時吉の頭に、おちよの顔がだしぬけに浮かんだ。できることなら、ここから代わってもらいたいところだが、江戸と流山は遠く離れている。

「だったら、千坊と組になってやればいいよ」

　隠居が案を出した。

「うん、やるよ」

千吉がすぐさま乗ってきた。

「ほほう、これは楽しみですね」

善兵衛が笑みを浮かべる。

「長く語りぐさになりそうです」

吉右衛門も白い歯を見せた。

そんな按配で、外堀をただちに埋められてしまったから、時吉としてはいかんともしがたかった。

かくして、千吉に引きずられるかたちで、時吉も句座に加わることになった。

七

発句は遠来の客、大橋季川の役目になった。

「いきなりの大役だね。ここは何かあいさつも入れなければならないから……」

隠居はそう言って腕組みをした。

句座の順は、季川、駿河屋善兵衛、番頭の大蔵、秋元三左衛門、吉右衛門、のどか屋時吉千吉親子という並びになった。

　それぞれが短冊に句を記し、読み上げてから清記役のおかみに渡す。おかみはそれをていねいに清書していった。

　句の数を合わせると三十六句になる。芭蕉以降によく行われるようになった連句だ。発句から揚げ句まで、長句と短句を交互に詠んでいく。

「初めから長考で済まないね」

　隠居はそう言って、湯呑みに手を伸ばした。

　初めこそ苦い緑茶だったが、器が変わり、いまは香り高い駿河の玉露になっている。

「いえいえ、時はたっぷりございますから」

　柔和な表情を崩さず、駿河屋のあるじが言った。

「うちは長いほう？　短いほう？」

　声を落として、千吉が問う。

「数えてみな」

　時吉も低い声で答えた。

「長、短、長、短……」

　千吉が指さしながら数える。

「短いほうだ！」

「声が大きい」

そうたしなめたとき、時吉はふと思い当たった。

句座を囲んでいるのは、のどか屋は二人で一人として六名。三十六句の歌仙だから、六回も短句の番が回ってくる。

それはいいのだが、締めくくりの揚げ句が来るのはいかにも荷が重い。かと言って、順が変わって長句ばかりつくらされるのも骨だ。どうしたものかと思っているうち、船は動きだしてしまった。

隠居が発句を発したのだ。

流れ来よ駿河の国の茶の香り　大橋季川

「流」山の「駿河」屋を詠みこんださすがの一句だった。

「『流れ来る』だと平句になってしまうから、『流れ来よ』で切れを入れてるんだ。切れが入っていなければ発句にならないからね」

季川は年季の入った俳諧師らしい講釈をした。

「なるほど、学びになりますね」

すぐさま善兵衛が言った。

「では、付けてください、駿河屋さん」

隠居は温顔で言った。

「承知しました。いきなりの大役ですね」

善兵衛は座り直した。

「どうやって付けるの？」

千吉が小声で問うた。

「ご隠居さんに訊いてみな」

時吉は答えた。

付け句のつくり方など、おのれのほうが訊きたいくらいだ。

「ご隠居さん、付け句はどうやってつくるの？」

わらべはたずねた。

「付け句の極意は難しいんだがね」

そう前置きしてから、季川は講釈を始めた。

「上の句と同じことを言ったのでは、俳諧の世が広がらない。わずかにずらして付けると、そこから光が差しこんで、新たな景色が広がっていくものだ」

「なるほど、わずかにずらすんだね」

千吉がうなずいた。

「そればかりじゃないよ。『わずかにずらす』が続いたら広がりに欠けてくるから、思い切ってかけ離れた句を付けてやる。そうすると、暑い日の打ち水みたいな按配で、連句そのものが息を吹き返すわけだ」

「うーん……わかんない」

千吉がお手上げの様子で言ったから、座に笑いがわいた。

「千坊は好きなようにつくればいいよ」

吉右衛門が言った。

「そうそう、のどか屋組は七七になってれば何でも良しということで」

宗匠の季川がそう言ってくれたから、少しは肩の荷が軽くなったような気がした。

仕切り直しで、連句が続いた。

次は駿河屋のあるじの番だ。

「あいさつを入れていただいたので応えませんと」

善兵衛はそう言って、付け句を披露した。

たしかに響く滝の水音　善兵衛

「香りが音に変わったね」

季川が笑みを浮かべた。

以下はこう続いた。

うつそりと富士は雲から顔出して　大蔵
お面を外す万歳師をり　三左衛門
江戸からの旅のお人は料理人　吉右衛門

次がのどか屋組であることを思案し、常連の吉右衛門は付けやすそうな句を詠んでくれた。

だが……。

慣れぬ悲しさ、いっこうに付け句が出てこない。

「千吉、頼む」

時吉はとうとう、せがれを頼りにした。

「うーん……」

わらべはひとしきり考えに沈んでからこう詠んだ。

　いつか立派な料理人になる　千吉

「そりゃあ楽しみだね」

善兵衛が破顔一笑した。

「善し悪しを越えた名句でしょう」

三左衛門も笑う。

「『料理』が続いているけれども、千坊なら何でもありということで」

隠居の白い眉が下がった。

その後も、和気藹々(あいあい)のうちに歌仙は続いた。

　両国の小屋の役者は見得(みえ)を切り　季川
　ぞつとするなり幕裏の影　善兵衛
　くだくだと親父の説教続きゐて　大蔵

少し欠けたる湯呑みの模様　三左衛門
暑気払ひぬつと取り出す大き皿　吉右衛門
旨い魚は刺身にかぎる　時吉
本膳を運ぶ女中の狐顔　季川
たうたう見えしあやかしの尾　善兵衛
うそつきは何とやらの始まりで　大蔵
捕らえてみればわが子なりけり　三左衛門
いつまでも字が下手なまま大福帳　吉右衛門
どの字もだいぶ上手になったよ　千吉
跡取りは背丈も伸びてあつぱれや　季川
ぞくぞく生まる長屋の子供　善兵衛
くつきりと見える今宵の夏の月　大蔵
亡き父の顔ほほゑみてをり　三左衛門
なつかしきものすべてあり今朝の膳　吉右衛門
豆腐飯はのどか屋名物　時吉
売り声のけふも始まる江戸の夏　季川

たんとお食べと母の声する　善兵衛
うまうまと赤子の言葉響きゐて　大蔵
柄杓で受けるありがたき水　三左衛門
百度踏む女の影は長く伸び　吉右衛門
いまどこかでねこがないたよ　千吉
化けるものの数をかぞえて指折れば　季川
ぞつとするなりはすでに出てゐた　善兵衛
くれぐれも戸締まり肝心火の用心　大蔵
太鼓をたたく二の腕太し　三左衛門
剣と包丁腕に覚えの男ゐて　吉右衛門

「さあ、いよいよ揚げ句だね」

季川が時吉を見た。

「元は武家だとうかがったもので、句に詠みこんでおきました」

吉右衛門が笑みを浮かべた。

「は、はあ……」

時吉は額の汗をぬぐった。

いままで数多くの苦境を味わってきたが、このたびばかりは勝手が違った。

歌仙を生かすも殺すも揚げ句次第とも言える。しかしながら、いくら思案してもいっこうに言葉が出てこない。

「千坊でもいいよ」

隠居が手で示した。

「おう、千吉、助けてくれ」

時吉は跡取り息子に助け船を求めた。

「うん」

千吉は引き締まった表情になった。

そして、少し思案したかと思うと、ひときわ元気のいい声で揚げ句を発した。

「旅籠が付いたのどか屋一番！」

八

「では、ようこそのお越しでございました」

駿河屋の善兵衛が深々と腰を折った。

「世話になりました。結構な土産まで頂戴してしまって」

季川が笑みを浮かべる。

隠居ばかりでなく、時吉も手に包みを提げていた。香り高い駿河の茶葉だ。

「またお越しくださいましな。坊もお達者で」

おかみがにこやかに言う。

「うん。また来るよ」

千吉は元気良く答えた。

土産は茶葉だけではなかった。おかみが清記したものを、さらにもう一枚書き増ししてくれた。

帰りは迎えの荷車に乗った。

「連句の揚げ句をつくったんだよ」

荷車を押す男たちに向かって、千吉は得意げに言った。

「坊が締めたのかい」

「うん」

「そりゃ大(てぇ)したもんだ」

「宗匠みてえだな」

　顔なじみになった荷車押しが口々に言う。

「ちゃんと紙に書いてくれたんだよ」

　千吉はうれしそうに告げた。

「わたしがもらったものだが、のどか屋さんにあげるよ」

　隠居が言った。

「ほんと？」

　千吉の瞳が輝く。

「ああ。見せたらおちよさんが喜ぶよ」

　季川の目尻が下がった。

「それだと申し訳がないので、千吉、手習いの稽古を兼ねておまえが書き写せ」

　時吉はふと思いついて言った。

「ああ、清書の紙でしたら、いくらでもご用意できますので」

　三左衛門が言った。

「なら、やってみる」

　千吉は声を弾ませた。

九

夕餉が始まった。

今日も隠し味は自慢の味醂だ。鮎の味醂干しは焼き加減も香ばしく、飯も酒も進む味だった。

「まだかかるか？」

時吉が控えの間に声をかけた。

千吉はまだ連句の清書の途中だった。だいぶ上手になったとはいえ、まだわらべらしい字で、一字ずつていねいに記している。そのせいでかなり時がかかっていた。

「もうちょっと」

千吉は顔を上げて答えた。

「できあがったら、額装してのどか屋に飾ったらどうだい」

隠居が水を向けた。

「揚げ句の『旅籠が付いたのどか屋一番』は引き札にもなりましょう」

吉右衛門が笑顔で言う。

「いや、でも、わたしの拙い句も入ってますから」

時吉は苦笑いを浮かべた。

「『豆腐飯はのどか屋名物』も引き札にようございましょう」

あるじの三左衛門が言う。

「そうそう、刷り物にしてもいいくらいだよ」

と、隠居。

「勘弁してくださいまし、ご隠居」

時吉はあいまいな顔つきになった。

ここで鯛ぞうめんが来た。

涼やかな器にたっぷり盛られた素麺の上で、焼き鯛が貫禄を見せている。その身をほぐしながら、素麺とともに食せばことのほかうまい。

いくらか甘めのつゆも味を引き立てている。むろん、ここでも味醂がいいつとめをしていた。

「早く来ないとなくなるぞ」

時吉はまた声をかけた。

「……できた！」

千吉が声をあげた。

「おお、偉いね」

隠居が白い眉を下げた。

「あっ、でも、これは……」

千吉はいま書き写したばかりの歌仙をまじまじと見た。

何かに気づいたようだ。

「どうした？」

時吉は立ち上がり、控えの間へ進んだ。

「おとう、これ」

千吉が紙を指さした。

「何だ？」

時吉が覗きこむ。

「ほら、これ」

何か思い詰めたような表情で、千吉は指を滑らせていった。

その動きを目で追っていた時吉の顔に、だしぬけに驚きの色が浮かんだ。

第八章　剣と包丁腕に覚えの男ゐて

一

「なるほど、それで平仄が合うね」

　季川が腕組みをして言った。

　勘の鋭いわらべの目で見なければ分からないようなものを、千吉が見つけた。何かの間違いではないかと周りは思ったが、まず隠居が考えを改めた。

「と言いますと?」

　時吉が問うた。

「わたしもちょっと首をかしげていたんだ」

　隠居はそう答え、場を振り返りながら、一つずつていねいに説明していった。

「なるほど、ではあれは……」

六代目秋元三左衛門の顔には、まだ驚きの色が浮かんでいた。

「まさか、そんなことが……」

弟の吉右衛門も首を振る。

「わたしが初めて気づいたんだよ」

千吉だけが自慢そうだった。

夕餉の品はまだ残っていたが、箸はぱたりと止まった。食事どころではなかったからだ。

「では、どうしましょうか、ご隠居」

時吉がたずねた。

「そうだねえ。わたしは流山に招かれた一介の旅の者だから」

隠居は味醂づくりのあるじのほうを見た。

「まずはお役人に相談でしょうか」

三左衛門が言った。

「信じてくれるかな、兄さん」

吉右衛門は案じ顔になった。

「何も証はないからなあ」

　三左衛門は腕組みをした。

「証なら、あるよ」

　千吉はあるものを指さした。

　それは、歌仙が記された紙だった。

　しかも、千吉が手習いを兼ねて書き写したものだ。役人にそんなものを示して訴えても、下手をすると門前払いだろう。

「それは証であって証じゃないようなものだからねえ」

　季川はあいまいな表情になった。

「だって、はっきり書いてあるよ」

　やや不満げに、千吉が言う。

「戯れ言でした、で済まされてしまうかもしれないからな」

　時吉が厳しい顔つきで言った。

「そうですね。もっと外堀を埋めないことには」

「難儀なことになりましたな」

　味醂づくりの兄弟は、何とも言えない表情になった。

「とにもかくにも、しかるべき御役の人に注進するしかなさそうですな」

隠居が話をまとめにかかった。

「そうですね。さっそく明日にも動いてみましょう」

三左衛門が請け合った。

だが……。

味醂づくりが動くには及ばなかった。

「しかるべき御役の人」が、向こうからやってきたからだ。

それは、あんみつ隠密だった。

二

「でかしたな、千坊」

安東満三郎が破顔一笑した。

「当たり？」

千吉が無邪気に訊く。

「当たりも当たり、大当たりだ」

あんみつ隠密は上機嫌で言った。

流山に入るなり、当地の名家、秋元家へ江戸から俳諧の宗匠が来ているといううわさが耳に入った。くわしくたずねてみたところ、旅籠付きの小料理屋のあるじと跡取り息子も同行しているらしい。

これは間違いない、と急いで駆けつけたという話だった。

「そうしますと、それは戯れ言ではなく……」

三左衛門が歌仙を清記したものを指さした。

「ああ、『どうせ気づくめえ』と高をくってたんだろう。おまえさんら、肚ん中じゃ嗤われてたんだよ」

安東はそう言って、冷やした本直しを口に運んだ。

「うん、甘え」

おなじみのせりふが飛び出す。

「いまだに信じられないんですが」

三左衛門は額に手をやった。

「江戸と流山、二つところで尻尾を出しやがったからにゃ、もう年貢の納め時よ」

あんみつ隠密はにやりと笑った。

「江戸で出した尻尾というのは?」

季川がたずねた。

「さる大名の上屋敷に盗品を売りつけにきたやつがいた。どうやら手下のようだ」

「よく分かったねえ。それで?」

隠居が先をうながす。

「盗まれたのはなかなかの名品で、もしやと思って、刷り物にしてほうぼうへ網を張ってたんで」

「なるほど、その網に」

季川がうなずいた。

「うまいこと引っかかってくれたぜ。町方じゃお手上げのところだが、黒四組は大名屋敷だろうがどこだろうが網を張れるんで」

あんみつ隠密は自画自賛した。

「で、その糸をたぐって、当地まで来てみたところ……」

三左衛門が千吉のほうを見た。

「今度は千坊が謎を解いてくれた。ありがてえこった」

安東はわらべに向かって両手を合わせた。

「いいことしたよ」

千吉が得意げな顔つきになる。

「まさか、千坊に見破られるとは、思ってもみなかったでしょうね」

吉右衛門が顔をほころばせた。

「こりゃあ、芝居になってもいいくらいの手柄だよ」

隠居も笑う。

「それで、捕り物はどうされるので？」

時吉がたずねた。

「そこなんだ」

本直しをくいと呑み干してから、安東は続けた。

「知ってのとおり、黒四組は兵の頭数が足りねえ。韋駄天のやつは松戸へ押し込みの検分にやらせていて、おっつけ帰ってくる頃だが、あてにゃならねえ」

韋駄天のやつ、とは、井達天之助のことだ。韋駄天自慢で、勘どころでいいつなぎ役をしてくれる。

「では、こちらのお役人に声をかけられますか」

秋元家の当主が問うた。

「むろん、そっちの根回しはしてる。だがよ、敵は海千山千だ。捕り逃がしたりしねえように、慎重に網を張らねえとな」

あんみつ隠密はそう言って、左の掌に右のこぶしを打ちつけた。

「荷車や引き役が要り用なら、いくたりか選んで出させていただきますよ」

三左衛門がそう申し出た。

「おお、そりゃありがてえ。なるたけ腕っ節の強そうなやつを選んでくんな」

安東はあまり目立たない力こぶをつくってみせた。

「承知しました」

「なら、さっそく声をかけてきます」

吉右衛門が腰を浮かせた。

「ああ、頼むよ」

秋元家の当主が言った。

「だいぶ陣立てが整ってきたねえ」

隠居が言った。

「捕り物になるの？　見たいよ」

千吉が瞳を輝かせた。

「物見遊山じゃないんだから」

　すかさず時吉がたしなめた。

「うん」

「それに、捕り物は危ないからな。おとうと一緒にここで待ってるんだ」

「はあい」

　やや不承不承に千吉は答えた。

「いや、ちょいと待ってくれ」

　安東が右手を挙げた。

「のどか屋さんは留守番ってわけにもいくめえよ」

　謎をかけるように言う。

「えっ、そうすると、わたしもですか？」

　時吉はおのれの胸を指さした。

「そりゃそうだ。歌仙にもこう書いてあるじゃねえか」

　あんみつ隠密は、紙に記されていた句を指さした。

　　剣と包丁腕に覚えの男ゐて　　吉右衛門

そう記されていた。

三

同じころ――。

江戸ののどか屋は、短い中休みに入っていた。

座敷を片づけ終わると、おちよは座布団を敷いてうたた寝をした。

時吉が留守のあいだは、朝早くから夜遅くまで働きづめだ。ここで少しでも休んでおくのがいつもの慣わしだった。

いつのまにかのどかが胸に乗り、ごろごろとのどを鳴らしはじめた。

のどかもずいぶん歳が寄ってきた。

「長生きするんだよ、のどか」

おちよは毎日のようにそう言うようになった。口では「猫又(ねこまた)になれ」などと軽口を飛ばしているが、生き物との別れは遅かれ早かれやってくる。

のどか屋の守り神として長く一緒に暮らしてきた猫だから、たとえあの世へ行っても、いずれ毛色や柄を変えて戻ってきてくれるに違いない。

時吉とはそんな話をしていた。

「よしよし、いい子だね、のどか」

おちよはうとうとしながらも、猫の首筋をなでてやった。

そのうち、猫のふみふみの感触がふと変わったような気がした。

のどかが何かを告げている……。

そんな気がしてならなかった。

やがて、おちよは短い眠りに落ちた。

三河町ののどか屋が燃えた大火のあと、ゆくえ知れずになってしまったのどかと出世不動で再会した。あのときのことが、いやにありありと思い出されてきた。

同じ場に、おちよは立っていた。

「のどか、のどか……」

猫の名を呼びながら、おちよは出世不動の境内を探し回った。

見慣れた人影があった。

時吉だ。

「おまえさま……」

おちよは目を瞠った。

時吉はつねならぬいでたちをしていた。

白襷(しろだすき)をかけ渡し、まなじりを決している。手には捕り具のようなものを握っていた。

いけない、とおちよは思った。

その刹那(せつな)、夢の潮がすーっと引いていった。

ふう、と一つ、おちよは息をついた。

胸の上で寝ているのどかの頭をとんとんとたたく。老猫は気づいてふわあっと大きなあくびをした。

「ごめんね」

ひと声かけて猫をどかせると、おちよはゆっくりと首を回した。

そのあいだに思案をまとめる。

「おけいちゃん」

おちよは声をかけた。

「はい、何でしょう」

おちよの代わりに簡単な厨の仕込みを手伝っていたおけいが答えた。

「悪いけど、ちょっと出かけてくるから、あとをお願い。桜吉さんも」

「へい、承知で」

だいぶ包丁づかいもさまになってきた若者が、いい声を響かせた。

「どちらまで？　おかみさん」

おけいがたずねた。

おちよは髷を手で整え、少し間を置いてから答えた。

「出世不動まで」

四

捕り方が集まってきた。

地元の役人に味醂づくりの蔵人たち、黒四組の安東満三郎にのどか屋の時吉。寄せ集めの捕り方だが、是非もない。盗賊を逃さぬように、一気に網を絞ってお縄にしてしまうのが最上の策だ。

「江戸だったら、火盗(かとう)と町方(まちかた)に助っ人を頼むところなんだがな」

荷車の上から、黒四組のかしらが言った。

火盗とは火付盗賊改方のことだ。どんなところへでも踏みこんでいけるのは黒四組と似ているが、安東が率いる隠密仕事の組には捕り方向きの兵がいない。素早く根回しをして、よそから借りるしかなかった。

「致し方ないでしょう」

時吉が徒歩にて進みながら言った。

その手には、柄の長い刺股が握られていた。むろん、初めて手にする捕り具だが、剣を捨てたあとも折にふれて木刀や硬い樫の棒を振って鍛えてきた。いくたびか動かしてみると、刺股の使い方はおおよそ分かった。

「頼むぜ」

あんみつ隠密が言う。

この御仁、立ち回りでばったばったと敵をなぎ倒すような剣の腕は持ち合わせていない。手下に任せて、うしろのほうから声を発することくらいしかできなかった。

「承知で」

時吉は刺股を握る手に力をこめた。

ほどなく、流山の通りの外れに至った。

目指す建物が見えてきた。

そこが盗賊のねぐらだ。

それは、茶問屋の駿河屋だった。


句会に出たとき、これ見よがしに並べられている茶碗などを見て、隠居は思わず首をかしげたものだ。

物を蒐めているうちに、おのずと好みというものが表れてくるはずだ。渋好みや派手好み、その他もろもろ、蒐集品には人となりがにじみ出てくる。

だが……。

駿河屋の善兵衛が蒐めたものには、まるで好みが表れていなかった。筋が通っているのは値打ちがあるという一点のみで、あとはてんでんばらばらの品だった。

目利きでもある季川はそれに首をかしげたものだが、駿河屋に並んでいたのはすべて盗品だったとすれば平仄が合う。

何より、千吉が見破った歌仙の判じ物が決め手だ。

曇りのないわらべの目でしかとらえることができない判じ物は、次のようなものだった。

流れ来よ駿河の国の茶の香り　大橋季川
たしかに響く滝の水音　善兵衛
うつそりと富士は雲から顔出して　大蔵
お面を外す万歳師をり　三左衛門
江戸からの旅のお人は料理人　吉右衛門
いつか立派な料理人になる　千吉
両国の小屋の役者は見得を切り　季川
ぞつとするなり幕裏の影　善兵衛
くだくだと親父の説教続きゐて　大蔵
少し欠けたる湯呑みの模様　三左衛門
暑気払ひぬつと取り出す大き皿　吉右衛門
旨い魚は刺身にかぎる　時吉
本膳を運ぶ女中の狐顔　季川
たうたう見えしあやかしの尾　善兵衛
うそつきは何とやらの始まりで　大蔵

捕らえてみればわが子なりけり　三左衛門
いつまでも字が下手なまま大福帳　吉右衛門
どの字もだいぶ上手になったよ　千吉
跡取りは背丈も伸びてあっぱれや　季川
ぞくぞく生まる長屋の子供　善兵衛
くっきりと見える今宵の夏の月　大蔵
亡き父の顔ほほゑみてをり　三左衛門
なつかしきものすべてあり今朝の膳　吉右衛門
豆腐飯はのどか屋名物　時吉
売り声のけふも始まる江戸の夏　季川
たんとお食べと母の声する　善兵衛
うまうまと赤子の言葉響きゐて　大蔵
柄杓で受けるありがたき水　三左衛門
百度踏む女の影は長く伸び　吉右衛門
いまどこかでねこがないたよ　千吉
化けるものの数をかぞえて指折れば　季川

ぞっとするなりはすでに出てゐた　善兵衛
くれぐれも戸締まり肝心火の用心　大蔵
太鼓をたたく二の腕太し　三左衛門
剣と包丁腕に覚えの男ゐて　吉右衛門
旅籠が付いたのどか屋一番　千吉

たうぞく、すなわち「盗賊」と記されていたのだった。

たまたまこうなったとは思えない。駿河屋の善兵衛と番頭の大蔵は、おのれらの正体を知らない者たちを愚弄（ぐろう）するかのように、歌仙に判じ物を残していたのだった。

だれも初めの字だけをつなげて読んだりはしない。万に一つも、正体がばれる恐れはあるまい。

駿河屋はそう高をくくっていたはずだ。

その証に、「たうぞく」のほかにも座の者を小馬鹿にしたような句がまじっていた。

うそつきは何とやらの始まりで　大蔵
くれぐれも戸締まり肝心火の用心　大蔵

手下がつくった平句も、一味が盗賊だったとすれば、はたと思い当たるようなものだった。

しかし……。

大人は欺けても、何事にもとらわれないわらべの目は欺けなかった。

ことに千吉は勘が鋭い。母のおちよゆずりの勘ばたらきだ。

それがここで、物の見事に発揮された。

かくして、すべての奸計が明るみに出たのだった。

五

「盗んだ品を隠すのは下の下だからな」

壺をあらためながら、駿河屋のあるじの善兵衛が言った。

いや、それは流山へ来て初めて名乗った名だ。本名は松造という。

人呼んで、風流の松造。

骨董の目利きもできれば俳諧もたしなむ。盗賊には珍しい琴棋書画に通じた男だ。

「ほんに、おまえさんの知恵には感心するよ」

女房のおせんが笑みを浮かべた。

「隠そうとするから疑われる。いちばんいいのは、人の目に触れるところへ堂々と並べておくことさ。そうすりゃ、だれも盗品だとは思うめえ」

盗賊はにんまりとした。

「歌仙の紙に『たうぞく』と書いてやるのもおんなじだねえ」

と、おせん。

「そうさ。人の目ってのは、存外に同じ向きにしか動かねえもんだ。せっかく『たうぞく』だって明かしてやってるのによう。ま、おかげで毎晩うめえ酒が呑めるがな」

風流の松造は猪口を傾けるしぐさをした。

こういった判じ物は、前にもいくたびか仕掛けたことがある。だれ一人として気づいた者はいなかった。それが判じ物だと言われれば解こうとする者も出るが、ただの歌仙に仕掛けがあるとは、しかもその仕掛けが「われこそが盗賊なり」と高らかに告げるものであろうとは、いままで句座をともにした者たちは夢にも思わなかっただろう。

「何よりの酒の肴だねえ」

女房が笑みを浮かべた。

「ま、安上がりでいいやね。ただの紙だしよ」

松造は歌仙を清記した紙を指さした。

「こんなにお宝があって、ちょっとずつ金にも換えてるのに、つましいもんだねえ」

と、おせん。

「そりゃそうさ。江戸の大火のどさくさもあったんで、わっと勢いで続けざまに押し込みをやってやったが、ずいぶんと大漁だったから、しばらくはおとなしくしていてやるつもりだ」

松造はそう言ってあごをなでた。

「あんた、もとはほんとに駿河の茶問屋だったんだしね」

「そのとおりよ。こっちが本業で、盗賊はまあ道楽みてえなもんだ」

駿河屋のあるじは手で扇（あお）ぐ真似をした。

「人迷惑な道楽だよ」

「わはは、違えねえ」

駿河屋のあるじが笑い声を響かせたとき、廊下のほうから荒い足音が聞こえてきた。

「かしらっ」

番頭の大蔵の声だ。

「その呼び方は……」

よしな、と言おうとした松造の顔つきがこわばった。

予期せぬ声が耳に届いたからだ。

「御用だ」

「御用！」

それは、捕り方の声だった。

六

「風流の松造、おめえの正体は分かってんだ、神妙にしな」

黒四組のかしら、安東満三郎の声が響いた。

ただし、いちばん前ではない。なにぶん腕に覚えがないものだから、捕り方のうしろでやや腰が引けていた。

「しゃらくせえやい」

駿河屋のあるじは本性を現した。

「おう、出番だぜ、たたっ斬ってやれ」

奥に向かって、松造は大音声で叫んだ。

「おうっ」

「合点で」

荒っぽい声が響いた。

「召し捕れっ」

そう声を発するや、あんみつ隠密は時吉を見た。

「頼むぞ、のどか屋」

あとは捕り方に託して、高みの見物を決めこむらしい。

「承知で」

時吉は肚をくって前に出た。

「御用だ」

先端が二股に分かれている捕り具を構え、進んで前へ出ていった。

刺股が敵の首をがっと捕らえれば、まったく身動きが取れなくなる。下手に動けば、怪我をするどころでは済まない。

柄が長いから、敵の刀は捕り方に届かない。傷つけられることなく、敵を召し捕ることができる。

だが、気をつけなければならないこともあった。

敵が素早く間合いを詰め、ふところに飛びこんできたりしたら、柄の長さがかえって邪魔になってしまう。敵をふところへ入れさせぬように、柄を短く持ち替えて振り下ろすなど、とっさの動きが必要だった。

駿河屋へ乗りこんだ捕り方は、寄せ集めながらも力を発揮した。

味醂づくりの蔵人たちも、糀をまぜる大きな櫂などで勇敢に立ち向かっていった。

「よくもだましやがったな」

「流山の恥だ。覚悟しやがれ」

口々に叫びながら、一人また一人と倒していく。まことに頼もしい働きぶりだった。

時吉も縦横無尽に刺股を振るった。

「ぐえっ」

のど元を捕らえられた手下がうめく。

「御用だ」

「神妙にしな」

時吉がねじり倒すと、地元の役人たちがわっと取り押さえた。

次の敵は、向こう見ずに突っこんできた。

「食らえっ」

刀を両手で持ち、まっすぐ突進してくる。

侮（あなど）れない動きだった。

ひるんで身をこわばらせてしまったら終わりだ。ひとたびふところに飛びこまれてしまえば、柄の長い刺股は無用の長物（ちょうぶつ）と化してしまう。

しかし……。

時吉は瞬時に敵の動きを見切った。

体がごく自然に動いた。大和梨川藩（やまとなしがわはん）で磯貝徳右衛門（いそがいとくえもん）と名乗っていたころ、時吉は家中（かちゅう）で右に出る者のない剣士だった。思うところあって剣を捨て、包丁に持ち替えて久しいが、昔の稽古で培（つちか）った動きはいまなお健在だ。

時吉が素早く足を送って身をかわすと、敵は目指すものをなくしてたたらを踏んだ。

「ぬんっ」

柄の握りを短くし、鋭く振り下ろす。

刺股の一撃を受けた敵は、声もあげずに昏倒した。

「いいぞ、のどか屋」

あんみつ隠密が声を発した。

捕り方は駿河屋の奥へ進んでいた。

逃げようとしたおかみはいち早くお縄にした。残るは男どもだけだ。

風流の松造と、大蔵と名乗っていたその一の子分は、茶室を兼ねた離れに逃れた。

「もうひと押しだ。召し捕れ」

黒四組のかしらの声が高くなった。

だが……。

その表情がにわかにゆらいで陰(かげ)った。

捕り方の先頭に立つ時吉の前に、盗賊と、番頭の大蔵と名乗っていた一の子分が現れた。

その手には、予期せぬ物が握られていた。

七

「覚悟！」

一の子分が短く叫んだ。

その手に握られていたのは、手裏剣だった。

毒を塗った一撃必殺の手裏剣だ。

駿河屋の番頭に扮していた男は、手裏剣の名手だった。狙った的を外すことはない。

剣ならいくらでも太刀打ちできる時吉だが、飛び道具は勝手が違う。身が動く前に届いてしまう。

時吉は目を見張った。

絶体絶命だ。

しかし……。

ここで手が動いた。刺股を握る手がとっさに動いた。

おのれであっておのれではない手が、遠くから刺股をだしぬけに素早く動かしてくれたかのようだった。

その柄に、敵が放った手裏剣が突き刺さっていた。

時吉は我に返った。

いまだ。

必殺の手裏剣を放ったばかりの敵には、一瞬の隙が生じていた。

その隙を、時吉は鋭く突いた。

翔ぶがごとくに前へ踏み出し、刺股を振り下ろす。

それは盗賊の一の子分の脳天をしたたかに打ちすえた。

「ぐっ……」

大蔵と名乗っていた男は、びくっと身をふるわせた。

そして、棒のようになったままゆっくりと横へ倒れていった。


「道を開けな」

風流の松造が言った。

手下を召し捕られ、孤立無援になった盗賊だが、まだ望みを捨ててはいなかった。

その頼みの綱は、しっかりと手に握った物だった。

短筒(たんづつ)だ。

押し込みで奪った金で手に入れた舶来物(はくらいもの)だ。風流の松造の武器らしく、銃身には赤と緑の唐草模様が施されている。

「死にてえのか、のどか屋」

句会のときとは打って変わった悪相で、盗賊は言った。

時吉はぐっとこらえた。
おのれ一人の身ではない。ここは我慢だ。
時吉は道を開けた。
しっかりと狙いを定めながら、盗賊が通り過ぎようとする。
そのとき、時吉の目があるものをとらえた。
だが、すぐさま目をそらした。
じっと見てしまえば、目の動きから盗賊に察知されてしまうかもしれない。
盗賊は時吉ばかり注意していた。そのせいで、うしろの備えがおろそかになった。
そこを鋭く突いたのは、味醂づくりの蔵人だった。
大きな櫂が動いた。
「ぎゃっ」
松造は悲鳴をあげた。
太腿の裏を、やにわにしたたかに打ちすえられては、さしもの盗賊もたまらない。
短筒が火を噴いた。
だが、それはあらぬほうへ放たれていた。
時吉が再び動いた。

渾身の力を込めて、刺股を振り下ろす。
手応えがあった。
風流の松造は白目を剝いた。
そして、ゆっくりとあお向けに倒れていった。

第九章　鳥帰る空は天晴(あっぱ)れ蔵も「天晴(あっぱれ)」

一

「いやあ、皆のおかげで幕が下りたぜ」

安東満三郎がさっぱりした顔で言った。

「このたびの立役者は千坊だからね」

季川が千吉を手で示した。

捕り物を終え、風流の松造の一味をすべて召し捕ってきたあんみつ隠密たちは、日の暮れがたに味醂づくりの秋元家に戻ってきた。支度が調えば、これから祝いの宴だ。

「うん。わたしが見破ったんだよ」

千吉は胸を張った。

おのれの呼び名こそ「千ちゃん」から父と同じ「わたし」に変わったが、さすがにわらべで謙遜とは無縁だ。

「芝居になってもいいくれえだな」

あんみつ隠密は上機嫌で言った。

「旦那もいい役どころで」

と、隠居。

「なに、おれはうしろのほうで声を出してただけだからよ。のどか屋とこっちの蔵人のおかげだ」

黒四組のかしらが答える。

「本当に蔵人さんには助けていただきました。命の恩人です」

時吉があるじに向かって頭を下げた。

「お役に立てて幸いです。みんな上機嫌でした」

六代目三左衛門が笑顔で答える。

「明日は蔵でも祝いの宴をやりましょう」

吉右衛門も和した。

「いいね、それは」

隠居がただちに乗ってきた。

「では、江戸へはいつ発たれるのでしょう」

よく日に焼けた若者がたずねた。

井達天之助だ。

取手の庄屋の押し込みを洗ったあと、当地へつなぎに来たところだ。

「こちらはいつまでご逗留されてもようございますのですが」

三左衛門が言った。

「どうする？　時さん」

隠居がたずねた。

「長々と留守にするわけにもいきませんから」

時吉は答えた。

「あした帰るの？」

名残（なごり）惜しそうに千吉が問う。

「いや、それもあわただしいし、蔵人さんたちの宴もあるから……あさってにするか」

「うん」

千吉はうなずいた。

「では、わたしだけ明日先に発って、のどか屋さんに伝えてまいりましょう」

葦駄天侍が白い歯を見せた。

「万年にもつないどいてくれ」

安東が短く言った。

「承知しました」

井達天之助が請け合った。

そこで、夕餉の膳が運ばれてきた。

「お待たせいたしました」

おかみがにこやかに言った。

「まだまだ運んでまいりますので」

手を貸している幸次郎が言う。

こうして、祝いの宴が始まった。

二

「代わり映えのせぬ料理で、相済まないことでございます」

味醂づくりのあるじが頭を下げた。

「いえいえ、ありがたく頂戴しておりますので」

時吉も軽く礼をした。

夕餉にも鯛ぞうめんが出た。縁起物の鯛に、暑気払いの素麵。手堅い組み合わせではあるが、たしかに続くとありがたみには欠ける。

「包丁も持ってきてるんだよね、時さん。明日の夕餉は腕をふるってあげたらどうだい」

隠居が水を向けた。

「ああ、それはぜひ」

三左衛門がただちに言った。

「のどか屋さんの料理を流山でも味わえるわけですか。こりゃあいいですね」

吉右衛門が手を拍つ。

「では、やらせていただきますので」

「お手伝い、するよ」

千吉が手を挙げた。

「おう、やってくれ」

時吉はすぐさま言った。

「親子でつくっていただけるわけですか。これは語りぐさになりますね」

「いまでも十分に語りぐさだよ、兄さん」

吉右衛門が笑みを浮かべた。

「まったくだ。名うての盗賊の正体を、江戸から来たわらべが見抜いてお縄にしたんだからな」

あんみつ隠密がそう言って、すっかり気に入った様子の甘い本直しを口に運んだ。

「それにしても驚きましたね。あの駿河屋さんが盗賊だったとは、いまだに信じられない思いです」

三左衛門が言った。

「番頭さんともども、いい句を詠む人たちでしたからね」

と、吉右衛門。

「だから、いい按配に網を逃れてきたんだ」

　あんみつ隠密は言った。

「そうすると、いままでの行いについては調べがついたんでしょうか」

　時吉が問うた。

「いや、とっ捕まえたばかりだからよ。どこで何を盗ったかっていう細けえところはこれからだが」

　安東はそう前置きしてから続けた。

「値の張る茶器などを狙う盗賊の話は、前から網には掛かってたんだ。どうやらかなりの目利きで、どいつがどんな名器を持ってるか、周到に調べてから押しこみやがる。荒っぽいばかりの盗賊とはひと味もふた味も違うやつだ」

「それが駿河屋さん……いや、風流の松造っていう盗賊だったわけですね？」

　三左衛門がいくらか身を乗り出した。

「そのとおり。もとは駿府の茶問屋だったんだが、人をだまして偽の茶器を売りつけたり、逆に本物をせしめたり、悪い噂が絶えず、とうとう故郷にいられなくなってよそへ出ていった。当時から俳諧をたしなみ、外面（そとづら）だけは良かったそうだがな」

　いままで外堀を綿密に埋めてきたらしいあんみつ隠密が言った。

「なるほど。出奔(しゅっぽん)してから盗賊になったわけですか」

隠居がうなずく。

「駿府とのつながりがまったくなくなったわけじゃねえようだ。番頭も駿河の男で、あきなってた茶葉はいい品だったらしい」

「ええ、それはもうおいしいお茶でございました」

三左衛門が言った。

「で、それからはほうぼうであきないをしながら盗賊もやっていたわけですか」

吉右衛門が問うた。

「足がつきそうになったら、夜逃げしたことにしてまたべつのところであきないを始めるわけだ。そのかたわら、盗んだ品を大名家などに売りさばいてたから、ずいぶんなもうけになってたらしいな。なにぶん知恵のある野郎だから」

安東満三郎はそう言って舌打ちをした。

「そういう知恵はいいほうに使ってほしかったね」

季川が何とも言えない顔つきで言った。

「まったくで。ただ、このたびはおのれの知恵に酔って墓穴(ぼけつ)を掘りやがった。ま、自業自得だな」

あんみつ隠密がそうまとめたとき、次の料理が運ばれてきた。

「わあ」

千吉が思わず声をあげた。

大皿いっぱいに、焼き団子が並べられている。

「手柄の坊ちゃんに、たんと召し上がっていただこうと思いまして」

おかみが笑顔で言った。

「わあ、食べきれない」

千吉が言った。

「一人で食わなくたっていいだろう」

と、時吉。

「甘い餡団子もいまつくってますから」

幸次郎が言葉を添えた。

「おっ」

すかさず手が挙がった。

「そいつぁおれが食うぜ」

あんみつ隠密がそう言ったから、祝いの宴に笑いの花が咲いた。

三

流山は捕り物の話で持ちきりだった。

無理もない。

昨年のれんを出してから、すこぶる評判が良かった茶問屋の駿河屋が、あろうことか名うての盗賊だったのだから。

「驚いたねえ。まさか駿河屋が」

「腰の低いあきんどだったのに」

「人は見かけによらないねえ」

「まったくだ。だれを信じていいのか分かんなくなっちまったよ」

みな口々に言った。

ただし、表情が曇りっぱなしというわけでもなかった。

もう一つ、人々の驚きを呼んだことがあったからだ。

「その盗賊の正体を見抜いたのが、江戸から来た十くらいのわらべだったそうだ」

「おう、聞いたぜ。のどか屋っていう見世の跡取り息子で、千吉っていう坊だ」

「のどか屋ってのはどんな見世だい？」

「旅籠が付いてる小料理屋だそうだ。秋元の吉右衛門さんが言ってた」

「大したもんだな。大人は気づかなかったのによう」

「木刀を握って、立ち回りもやったそうだぜ」

いつのまにか話に尾ひれがついて、千吉は盗賊の退治までやってのけたことになってしまった。

「あっぱれだな」

「まこと、あっぱれだ。千吉あっぱれ」

流山の人々はこぞって千吉をほめた。

天晴（あっぱれ）は五代目秋元三左衛門がつくりだした白味醂の銘柄だ。堀切（ほりきり）家の万上（まんじょう）と双璧をなす流山の誇りの名にもかけて、「千吉あっぱれ」のうわさはほうぼうへ広がっていった。

街道筋ばかりではない。流山は船運にも恵まれている。千吉というわらべが盗賊の奸計を見破り、退治までしたという話は、思いがけないほど遠くにまで広まっていった。

四

蔵人たちとの別れの宴だ。

仕込みがひと区切りついたあと、糀の香りが漂う蔵の中で車座になって、江戸から来た三人との別れを惜しんだ。

まず出されたのは、大皿いっぱいに盛り付けられた焼き団子だった。千吉の好物だと聞いて蔵人たちが手分けしてつくってくれたのだが、度外れた数になってしまった。

「こんなに食べきれないよ」

千吉が目を丸くした。

「おれらも食うからよ」

「食えるだけでいいさ」

ねじり鉢巻きの蔵人たちが笑顔で言う。

「麦湯も冷えてるぜ」

「本直しはまだ早えからよ」

味醂とはいえ、酒のうちだ。わらべにはまだ早い。

「うん、冷たい麦湯、大好き」

千吉が笑顔で言ったから、味醂づくりの蔵に笑い声が響いた。

「なんにせよ、すべて片がついてめでたしめでたしだね」

隠居が上機嫌で言って、本直しを口に運んだ。

「捕り物の加勢までできて、孫子の代まで語りぐさになりまさ」

仕込み頭の卯之助が言った。

「重ね重ね、助けていただいて」

時吉がまた頭を下げた。

間一髪のとき、櫂をふるって助けてくれたのは、平太という蔵人だった。見たところ、どこにそんな力があるのかという雰囲気の男だ。

「おかげさまで、のどか屋が続きます」

千吉も礼を述べたから、どっと笑いがわいた。

「なんの」

平太が笑みを浮かべる。

「おめえ、子ができる年に、いいことがあったじゃねえか」

仕込み頭が言った。

「へえ、それはおめでたいね」

隠居の目尻が下がった。

「おめでたく存じます」

時吉も白い歯を見せる。

「これも何かの縁だ。できた子に『のどか』とか名をつけたらどうだ」

半ば戯れ言めかして、卯之助が言った。

「女の子でも、そんな名は」

平太があわてて手を振った。

「いや、男の子ができるぜ」

「おいらもそんな気がする」

「勝手なこと言ってら」

周りの蔵人たちがさえずる。

「だったら……」

平太はいくらか思案してから言った。

「男の子だったら、『千吉』とつけてもいいですかい？」

のどか屋の二人に向かって、命の恩人の蔵人はたずねた。

「もちろんですとも」

時吉はすぐさま言った。

「いいよ」

食べきれないと言いながら、焼き団子をうまそうにほおばっていた千吉も手を止めて答える。

「よし決まった」

仕込み頭がぱんと手を拍ち合わせた。

「これで、男だったら千吉だ」

「へい」

平太はうなずいた。

「それは、弟ってことになるの？」

千吉が突拍子もないことを言いだした。

「どうして弟になるんだよ。まったく血がつながってないじゃないか」

時吉があきれたような顔になった。

「弟じゃなくて、弟分だね」

隠居が言葉を補った。

「あ、そうか」

千吉は頭に手をやった。

「女の子だったら、お千吉にしちまえ」

仲間が戯れ言を飛ばす。

「いや、お千かお吉でいいじゃねえかよ」

「それもそうだな」

「双子だったら、ちょうど按配がいいぞ」

そんな調子で、笑いの絶えない宴がひとしきり続いた。

「では、宗匠、ちょいと一筆お願いできますかい」

仕込み頭が頃合いを見て短冊を二枚持ってきた。

「発句かい？」

季川が問う。

「ああ、できれば」

「あとで売りさばこうっていう魂胆ですぜ」

うしろから声が飛んだ。

「馬鹿言え。盗賊と一緒にすんな」

卯之助は笑って言った。

「はは。なら、しくじったらもう一枚に書くから」

隠居はそう言うと、しばし思案してから筆を執った。

流山見よ蔵人の男ぶり

「これじゃ季がないね」

書き終えてから言う。

「なら、入ってるやつをもう一枚」

と、卯之助。

「はは、うまいことを言うね」

季川は笑ってまた発句をひねり出した。


鳥帰る空は天晴(あっぱ)れ蔵も「天晴(あっぱれ)」

「なるほど」

卯之助がひざを打った。

「軽く懸けてみたんだがね」

隠居が短冊を差し出した。

「蔵のいいとこに飾って、大事にしまさ」

仕込み頭は両手でていねいに受け取り、軽く額に押し当てた。

五

「足りないものがございましたら、何なりとお申し付けくださいまし」

秋元家のおかみが言った。

「承知しました。では、しばらく厨を借りさせていただきます」

時吉が答える。

「わらべ用の包丁はないの？」

千吉が訊いた。

手伝うと言うからつれてきたのだが、江戸から道具は持ってきていない。

「それはないだろう。できることだけ手伝ってくれ」

「はあい」

「では、お願いいたします」

おかみは一礼して下がっていった。

時吉がまずつくったのは、豆腐焼き素麺だった。

連日、鯛ぞうめんになったくらいで、素麺はまだたんと残っていた。これを目先の変わった料理にした。

鍋に胡麻油をたっぷり入れ、豆腐をつかみ崩しながら炒める。細かく切った小松菜と、ゆでてから水洗いをしてぬめりを取った素麺を投じ入れ、鍋肌から醤油を回し入れ、胡椒で味つけをする。

胡麻油と醤油と胡椒だけで、味醂は入っていないが、そこがかえって新鮮な味になる。たっぷりの青菜と胡麻油が身を生き返らせるひと品だ。

「よし、次は鯛の身をすってくれ」

時吉は跡取り息子に言った。

「鯛を？」

怪訝そうな顔つきで千吉が問う。

「刺身などにするにはいま一つだから、伊勢豆腐にする。鯛と豆腐と山芋を別々にすり合わせ、玉子でつないで蒸すんだ」

時吉はつくり方を教えた。

「へえ、手間がかかるんだね」

「だから、伊勢参りとかけて伊勢豆腐と呼ばれてる。山芋の別名が伊勢芋で、そこから来たという説もあるがな」

「ふーん」

千吉は感心したような表情になった。

三つの食材のまぜ加減によって出来が変わってくる。そこの按配だけは時吉が受け持った。

ほかにも、穴子の蒲焼きと箱寿司。焼き茄子の味噌がけなど、のどか屋の親子は力を合わせて次々に料理を仕上げていった。

「お、やってるな」

あんみつ隠密がふらりと姿を現した。

首尾良く盗賊を捕まえたとはいえ、取り調べやら江戸へ送る段取りやらでまだまだ忙しそうだ。

「甘い味噌をつくったよ」

千吉が得意げに伝えた。

「そうかい、どれどれ」

安東満三郎が指を伸ばした。

「焼き茄子にかける味噌です。合わせ味噌をのばすには、やっぱり味醂がいちばんですから」

時吉が言った。

あんみつ隠密はさっそく指にすくってなめた。

「うん、甘え」

千吉が先に言った。

「こら、おめえが先に言うな」

安東は白い歯を見せた。

「ところで、流山の顔役から相談を持ちかけられたんだが、明日は朝早くに発たなくたっていいんだろう？」

時吉に問う。

「ええ、まあ。駕籠の段取りにもよりますので」

「なら、二刻（約四時間）くらい遅らせてくんな」

「何かあるんでしょうか」

時吉の問いに、あんみつ隠密はにやりと笑って答えた。

それを聞いているうちに、千吉の顔にも笑みが広がっていった。

六

「お名残惜しいですが、また機があればいらしてくださいまし」

六代目三左衛門がそう言って、季川の猪口に酒を注いだ。

「来たいのはやまやまだけれど、わたしは寿命がいつまであるか分からないからね」

隠居が答えた。

「千吉が生まれる前からそんなことをおっしゃってたじゃないですか」

時吉が言ったから、場に笑いの花が咲いた。

「ほんに、いつのどか屋さんののれんをくぐってもいらっしゃるので」

吉右衛門が言う。

「ご隠居さんのお顔を見るとほっとします」

今日は番頭の幸次郎も座に加わっていた。

「一枚板の置物とか呼ばれてるよ」

　と、隠居。

「置物にしちゃあ、やけに口が回るがな」

　あんみつ隠密が減らず口をたたいた。

「なら、せっかくですから、最後に軽めの句会でもやりましょうか」

　三左衛門が水を向けた。

　すでに料理はあらかた出た。ことに好評だったのは、のどか屋でも出したお宝煮と、伊勢豆腐だった。鯛と豆腐と山芋、三つの合わせ加減が絶品で、のせた味噌もうまいとみな口々にほめていた。

「歌仙はどうも駿河屋を思い出すからねえ」

　季川はあいまいな顔つきになった。

「では、お題を出して宗匠に選んでいただきましょう」

　味醂づくりのあるじが季川を手で示した。

「それが良うございましょう」

　吉右衛門も笑みを浮かべる。

「いっそのこと、千坊に選んでもらったらどうかねえ。このたびの一件落着は千坊あってこそだったんだし」

隠居が案を出した。

「さすがはご隠居。いいこと言うぜ」

今度は盛大に持ち上げた。

「だったら、『千吉しばり』にしてみればいかがでしょう」

吉右衛門が言った。

「必ず『千吉』を入れるのかい？」

「いや、『千』か『吉』、どちらかにすればいいよ、兄さん」

「ああ、それもそうだね。一人、一句か二句つくって、だれの句か分からないように清記して、そこから『松竹梅』の三句を千吉ちゃんに選んでもらえばいい」

三左衛門は手際よく段取りを示した。

「うん、やるよ」

千吉は元気よく手を挙げた。

「おれも出すのか？」

ほどなく回ってきた短冊を見て、あんみつ隠密が言った。

「思いつきで結構ですので」

隠居が言う。

「わたしだって出すんですから」

時吉がそう言ったから、また場に和気が満ちた。

短冊を集めたものを、別室で三左衛門が一枚の紙に清記し、ややあって戻ってきた。

「では、選者に」

うやうやしいしぐさで千吉に渡す。

「ここから三つ選ぶの？」

千吉は季川の顔を見た。

「いちばんいいのが松。それから、竹と梅だね」

隠居が答えた。

「披講は梅から順にね」

三左衛門が教えた。

「うん」

千吉は一つうなずいてから紙に目を落とした。

初夢は悪党千人捕まえて

吉祥は江戸からここへ流山
千万の神ありがたし夏のくれ
千吉の背丈が伸びてありがたし
おみくじはまた吉と出て田の実り
こののれん千代に八千代に夏の月
どの酒も上々吉や夏料理
老猫は千両役者なれど昼寝
吉浜の海の恵みや本鰹
名刹（めいさつ）は百度千度と人の波

「うーん……」

千吉は困った顔になった。

「迷っていたらきりがないぞ」

時吉がはたから言う。

「坊ちゃんのお好きな句を三つ選んでいただければよろしいので」

味醂づくりが笑みを浮かべた。

ほうびの品はもう用意されていた。

すべて天晴味醂の樽だが、大きさが違う。

「じゃあ、梅から」

千吉は思い切ったように披講を始めた。

「えーと……おみくじはまた吉と出て田の実り。吉が出たらおめでたいから」

わらべらしい選句だった。

作者はあるじの三左衛門だった。

「あきない物のほうびの品が戻ってきてしまいました」

三左衛門はそう言って笑った。

千吉が竹に選んだのは、「初夢は悪党千人捕まえて」だった。おのれも悪党を捕まえるきっかけになる働きをしたかららしい。

「おお、おれだ」

あんみつ隠密が手を挙げた。

「ありがてえ。これでどばどば味醂をかけて酒の肴にできるぜ」

安東満三郎は万年同心がいたら顔をしかめそうなことを口走った。

「さすがに、わらべらしい選句だねえ」

季川がいささかあいまいな顔つきで言った。

「吉祥は江戸からここへ流山」と「老猫は千両役者なれど昼寝」。それぞれ凝った句を出したのだが、こういうひねった句はわらべ好みではないらしい。

「では、いよいよ松の句です。上物の天晴味醂の一斗樽はどなたに当たりましょうか」

三左衛門の声が高くなった。

「えーと、松は……千吉の背丈が伸びてありがたし。わたしも、とってもありがたいから」

千吉は頭に手をやった。

「作者は訊くまでもなさそうですが」

吉右衛門が言った。

「一斗樽は行くべきところへ行きそうですね」

幸次郎も笑う。

みなから見られた時吉は、やや申し訳なさそうに名乗りを挙げた。

「……のどか屋」

第十章　千の吉つらねてあっぱれ街道や

一

「おっ、あれかい？」

季川が指さした。

「ただの荷車だと華がないですから」

六代目三左衛門が笑みを浮かべた。

蔵のほうから荷車が来た。

四隅に「天晴」と染め抜かれた大きな赤い旗が立っている。これよりないほど目立つ荷車だ。

「へい、お待たせ」

仕込み頭の卯之助も荷車引きに加わっていた。

「これに乗るの？」

千吉が指さした。

「そうですよ。ぜひとも手柄の坊ちゃんを見たいという声がほうぼうから上がったもので」

三左衛門が言った。

いくらか離れたところでは、安東満三郎が地元の顔役と話をしていた。

昨日、あんみつ隠密を通じて話があった。段取りは分かっているのだが、いざ派手な荷車を見ると、千吉は少し尻込みをした。

「一人だけで乗るの？」

心細そうに時吉の顔を見る。

「流山の人たちが見たいのはおまえだからな」

時吉はそう答えたが、千吉の表情は晴れなかった。

「なら、親子で乗りゃあいい。立ち回りもやったんだからな。こうやって、手でも振ってやりゃあいいんだ」

あんみつ隠密は何とも言えない笑顔をつくって手本を見せた。

見ていた味醂づくりの面々がどっとわく。

「なかなかいい感じなので、安東様もお乗りになったらいかがでしょう」

三左衛門が水を向けた。

「それが良うございましょう。ご隠居もご一緒に」

吉右衛門が季川を見る。

「えっ、わたしもかい？」

隠居はおのれの胸を指さした。

「そりゃあ、江戸からわざわざいらした俳諧の宗匠様ですから」

三左衛門もすぐさま言った。

「なら、みんなで乗りゃあいい」

あんみつ隠密が言った。

「そのほうがにぎやかでいいね」

まんざらでもなさそうな顔つきで、季川が言った。

「だったら、決まりですね」

吉右衛門が手を拍った。

「ちょいと重いかもしれねえが、頼むぜ」

安東が荷車引きたちに言った。

「へい、合点で」

「押し役もつけますんで」

こうして支度が整った。

「まずは、坊ちゃんから」

三左衛門が千吉を荷車に乗せた。

「立って手を振るの？」

千吉がだれにともなく問う。

「立ってるとよろけてこけるかもしれないから、おとうが支えてやろう」

時吉が答えると、千吉の表情がぱっと輝いた。

二

「あっぱれ、千吉」

「あっぱれあっぱれ」

調子のいい掛け声を発しながら、荷車が進んでいく。

流山でいちばんの通りには、午前（ひるまえ）から大勢の見物衆が詰めかけていた。

「おっ、見えてきたぞ」

「あれが千吉かい」

「えれえもんだな。駿河屋が盗賊だってことを見破ったんだからよう」

「あっぱれ、あっぱれ」

引き札を兼ねてあらかじめ蔵人衆が配っておいた「天晴うちわ」を振りながら、見物衆は口々に囃（はや）し立てた。

「見世物のけものにでもなったような気分だね」

隠居が笑みを浮かべた。

「おれは隠密なんだから、こんなことをやってちゃいけねえんだが」

そう言いながらも、黒四組のかしらは妙に嬉しそうだった。

千吉ばかりでなく、荷車に乗っているほかの面々についても、見物衆はいろいろとうわさした。

「あのじいさんはだれだい？」

「俳諧の宗匠らしいぜ。秋元さんとこに招かれたんだ」

「なら……小林一茶か？」

「そうそう、一茶だよ」

「秋元さんの客の俳諧師と言やあ、一茶だ」

いつのまにか、季川はとうに亡くなっている小林一茶ということにされてしまった。

「坊をうしろで支えてるのがおやっさんか？」

「のどか屋っていう旅籠付きの小料理屋をやってるそうだ」

「へえ、旅籠が付いてるのは珍しいな。どこにあるんだい」

「横山町ってとこらしい」

「なら、江戸へ行くときはのどか屋で泊まりだな」

見物衆のあいだに、のどか屋の名は知れわたっていった。

いつも両国橋の西詰へ客の呼び込みに行く千吉だが、このたびの働きは何よりの引き札になった。

「千吉、あっぱれ」

「あっぱれあっぱれ」

掛け声に合わせて、「天晴」と記されたうちわが揺れる。

「いいぞ、千吉」

「江戸のほまれ」

見物衆からの声に、千吉はとびきりの笑顔で応えた。

三

流山の衆へのお披露目は滞りなく終わり、江戸から来た面々は駕籠に乗り換えることになった。

「ゆうべの句会のほうびの品は、また改めて吉右衛門に運ばせますので」

三左衛門が弟のほうを手で示した。

「またあきないでお邪魔いたします」

吉右衛門が頭を下げた。

「いまから行くのが楽しみで」

番頭の幸次郎も笑みを浮かべる。

「おれはちょいと御用で行徳のほうへ行かなきゃならねえんだ。途中で別れるが、またよしなにな」

あんみつ隠密が右手を挙げた。

「ご苦労様でございます」

時吉が一礼した。

「では、宗匠、ようこそのお越しでございました」

味醂づくりのあるじが深々と腰を折った。

「ろくにお構いもできず、相済まないことで」

おかみも和す。

「なんの。お膳からお茶の一杯に至るまで、心遣いが心にしみましたよ」

季川が温顔で言った。

「また機があれば、当地にお越しくださいまし。わが家のつもりで、気軽にお越しいただければと」

三左衛門が言った。

「はは、わたしは小林一茶だからね」

隠居が軽口を飛ばしたから、場がどっとわいた。

「なら、千坊、達者でな」

仕込み頭の卯之助が白い歯を見せた。

そのうしろには蔵人衆も見送りに出ている。

「うん。お世話になりました」

千吉はぺこりと頭を下げた。

「おお、いい返事だ」

「今度来るときは、ほんとに立ち回りもやってくれるぜ」

「そんなに悪党ばっかり出てたまるかよ」

「そりゃそうだ。このたびで打ち止めだ」

蔵人衆は口々にさえずった。

駕籠に分かれて乗りこむ。

「では、これで」

時吉が言った。

「さようなら」

千吉がいい声を響かせた。

「道中お気をつけて」

「お達者で」

味醂づくりが見送る。

「千吉、あっぱれ」

「あっぱれあっぱれ」

いくつもの声に送られて、駕籠は流山から江戸へ向けて動きはじめた。

四

「まあ、流山の皆さんにお披露目を?」

おちよが目を丸くした。

「いまごろはもう終わっていると思いますが」

井達天之助が伝えた。

「大したもんだぜ、千坊」

その隣で、万年同心が笑みを浮かべた。

千吉の流山での働きは、韋駄天侍が事細かに伝えてくれた。その話を聞くにつれて、のどか屋の面々の表情がやわらいでいった。

「でしたら、あと三日くらいで戻られますね」

厨から桜吉が言った。

「ほうぼうで歓待を受けるかもしれませんが、それくらいには戻られるでしょう」

背筋の伸びた韋駄天侍が伝えた。

「だったら、いったん長吉屋に戻るかい」

一枚板の席の隅から、元締めの信兵衛が問うた。

「はい。師匠にごあいさつしてから、茅ヶ崎に戻ろうかと」

桜吉は答えた。

昨日、茅ヶ崎からのどか屋を訪ねてきた者がいた。桜吉の父が中風で具合が悪くなったという知らせで、一時は見世が憂色に包まれたが、よくよく話を聞いてみると症状は軽く、順調に回復へ向かっているということだった。

ただし、病に罹ると、とかく気が弱くなる。江戸へ修業に出ているせがれに早く帰ってきてもらい、網元料理の見世を開いてそばにいてもらえれば心強い。そんな伝言だった。

「網元と料理屋、二つもやるのかい」

万年同心はそう言って、鰹の角煮を口に運んだ。

醬油と味醂に、生姜をたっぷり効かせた自慢の味だ。かめばかむほどに口福の味が広がる。

「いえ、網元は兄が継ぎますんで」

桜吉は答えた。

「そうかい。なら、料理屋だけでいいんだ」

と、同心。

「早く帰ってやりたいね」

元締めが情のこもった声をかけた。

「はい。こちらで修業させていただいて、だいぶ腕も上がったんで」

「ほんと。どんどん上手(じょうず)になるのでびっくりしたくらい」

おちよが笑みを浮かべた。

「のどか屋仕込みの腕だ。胸を張って帰りな」

万年同心が言った。

「ありがたく存じます。松林しかねえような田舎ですが、食ってく分には大丈夫だと思うんで」

桜吉が答えたとき、黒猫のしょうが厨に入って「にゃあ」とないた。

「何だ。腹減ったのか?」

桜吉が声をかける。

黒猫は前足であごのあたりをかきだした。どうも違うらしい。

「看板猫につれてけ、って言ってるんじゃないかしら」

旅籠のほうから戻ってきたおけいが言った。

「そりゃあ、ちょいと遠いな。魚が旨いから、茅ヶ崎にも猫はたんといるから」

桜吉は笑って言った。

黒猫は大きな伸びをした。

そして、皆に見られて勝手が悪くなったのかどうか、小走りに厨から表のほうへ出ていった。

五

「まあ、あなたが千吉ちゃん？」

馬橋の餅屋のおかみが驚いた顔つきになった。

「そうだよ。流山で盗賊を捕まえたの」

千吉は得意げに言った。

小金宿の例の蕎麦屋はあいにく休みだったが、街道筋にちょうどいい按配の見世があった。つきたての餅と茶を出してくれるようだから、駕籠に揺られる旅の中休みにはちょうどいい。

「へえ、お客さんから聞きましたよ。でも……坊が立ち回りを？」

あるじはいぶかしそうな顔つきになった。

「はは、それは妙な尾ひれがついただけで、立ち回りは親父さんがやったんだがね」

隠居が時吉を手で示した。

「ああ、それで腑に落ちました」

餅屋は笑みを浮かべた。

「この安倍川餅、おいしい」

千吉は餅に夢中だ。

「あんころ餅とずんだ餅もございますよ。つけ焼きもできます」

おかみが愛想良く言った。

「んーと、どれもおいしそうだけど……」

千吉は時吉の顔を見た。

「あんまり食べ過ぎたら、宿の夕餉が入らないぞ」

時吉は言った。

「じゃあ、あんころ餅だけ」

千吉は元気よく手を挙げた。

「はいはい、承知しました」

「いまつくりますんで」

餅屋の夫婦がにこやかに言った。

「くわしく聞いてなかったけど、千坊はどうやって茶問屋が盗賊だと見破ったんだい？」

駕籠屋も同じ見世で休んでいた。

道中すっかり気安くなった先棒がたずねた。

「おう、おいらも気になってたんだ」

後棒も身を乗り出す」

「んーとね……」

安倍川餅を平らげ、指についたきな粉をなめてから、千吉は手柄についてひとしきり語った。

わらべの話はとかく道筋があいまいになったりするが、隠居と時吉が助け船を出したおかげで、駕籠屋はすぐ呑みこんだ。

「えれえもんだな」

「そりゃ評判にもなるぜ」

先棒も後棒も感心の面持ちになった。

「そんな知恵のあるわらべにゃ、さしもの盗賊もかなわなかったか」

「一休さんみてえだな」

「おお、そうだ。一休さんだ」

隠居の一茶に続いて、千吉は「今一休」ということにされてしまった。

「はあい、では、一休さん、お待ち」

おかみがあんころ餅を運んできた。

「わあ、おいしそう」

千吉の瞳がにわかに輝いた。

六

松戸の宿場で駕籠はお役御免となった。

「なら、達者でな」

「気張れよ、一休」

いつのまにか、呼び名が一休に変わってしまった。

「毎度ありがたく存じました」

千吉は旅籠の客に向かうように頭を下げた。

「おお、いい返事だ」

「これで旅籠も安心だぜ」

駕籠屋は笑って言った。

松戸にも「あっぱれの千吉」の名はとどろいていた。その千吉が来たとあって、数ある旅籠の客引きたちはぜひともうちへと競って袖を引きはじめた。

「お安くしておきますので、ぜひともうちへお泊まりくださいまし」

「料理自慢の当宿へおいでください」

「千吉ちゃんにお泊まりいただいたら、わが旅籠に箔（はく）がつきますので」

なかにはそんなことまで言う番頭までいた。

「どうしよう、おとう」

やや困った顔で千吉はたずねた。

のどか屋やよそいきでは師匠と呼んだりするが、まだまだおとうだ。

「まあ、料理自慢の宿がいいかな」

時吉は少し迷ってから答えた。

「手前どもの旅籠には、江戸の浅草の名店で修業をした板前がおりますので」

菊屋（きくや）という旅籠の番頭がここぞとばかりに言った。

「ほう、何という名の見世だい？」

隠居が問う。

「長吉屋でございます」

それを聞いて、隠居も時吉も思わず笑い声をあげた。

「じいじの見世だ！」

千吉が叫ぶ。

時吉が明かす。

「わたしの義理の父で、料理の師匠でもあるんです」

「さようでございますか。それは奇縁でございます。ぜひとも菊屋にお泊まりくださいまし」

番頭はそう言って、早くも荷に手を伸ばした。

かくして、今夜の宿が決まった。

七

夕餉の途中で料理人があいさつに来た。

留吉（とめきち）という男だ。

時吉にとっては弟弟子で、話をしたことはないが、長吉屋で修業していたときに顔は見たことがあった。

「ご無沙汰をしております。こちらで板前をやらせていただいております」

兄弟子の時吉に向かって、留吉はていねいに頭を下げた。

「どれもいい仕上がりだよ」

時吉は笑みを浮かべた。

「さすがは長吉屋仕込みだね」

そう言って隠居が手で示したのは、鱚の細づくりの梅肉和えだった。

つんもりと盛った細づくりの按配が見事で、梅肉醤油の加減もちょうどいい。

「ありがたく存じます」

留吉がまた礼をする。

「本当によくつとめてくれています」

一緒にあいさつに来たおかみがにこやかに言った。

「おいしいし、よくできてるよ」

千吉が料理を箸で示した。

烏賊素麺(いかそうめん)だ。

申し分なく細く切った烏賊を、青竹を三段構えのかたちに巧みに切った器に盛り付け、流れ落ちる滝の水に見立てている。見ただけで涼味が伝わってくるひと品だ。葱とおろし生姜の薬味を添え、つゆは青竹の底に張ってある。

「あっぱれの千吉坊ちゃんにそう言っていただいて、菊屋のほまれでございます」

「つくった甲斐があります」

菊屋のおかみと留吉が笑顔で答えた。

その後も夕餉は続いた。

松戸名物の鰻の蒲焼き、鱚の焼き霜づくり、鮪(まぐろ)の山かけに根菜の炊き合わせ、鱚の天麩羅に鯛茶。おまけにわらべ向きの水菓子。どれも品良く盛り付けられていて、味も申し分なかった。

「いい宿に当たったねえ」

隠居が目尻を下げた。

「あっぱれの千吉のおかげだよ」

千吉はそう言って、おなかをぽんとたたいた。

「街道筋は千坊のうわさで持ち切りだったからね。まるで、あっぱれ街道だ」

隠居は上機嫌で言って、猪口の酒を呑み干した。

「あっぱれあっぱれ、千吉あっぱれ」

千吉は扇子を振るしぐさをした。

「あんまり調子に乗ったら駄目だぞ」

時吉が見かねたように言った。

「このたびはたまたま手柄を挙げたが、盗賊が捕まったのはほかの人の力があったればこそだ。天狗になっちゃいけない」

「そうだね。好事魔多しとも言うから、締めるところは締めてかからないと」

季川が猪口を置いて言う。

「うん」

たしなめられた千吉は、急に殊勝な顔つきになった。

「天狗にならないようにするよ」

千吉はしゅんとして言った。

「分かればいい」

時吉は笑みを浮かべた。

「あしたは千住の若先生にお土産を渡して、柳屋さんに泊まる。あさっての早めにのどか屋へ戻るから、また気張らないとな」

「うん」

父の言葉に、跡取り息子は大きくうなずいた。

八

その日ののどか屋は、一階の「と」の部屋だけ埋まっていなかった。

そろそろのれんをしまう時分だ。手伝いの女たちも元締めの信兵衛とともに引き上げていった。

座敷ではまだ泊まり客が差しつ差されつしていた。飯能(はんのう)から浅草寺の観音詣でに来たらしい。

「火を落としますが、よろしゅうございますか？」

おちよが訊いた。

「ああ、もうたくさん呑み食いしたから」

「この酒がなくなったら、部屋へ戻ります」

客の一人が枡を指さしたとき、表でにわかに人の気配がした。

こわがりのゆきがあわてて飛びこんできて、厨の隅に隠れる。

「あっ、ここじゃないか？」

「『の』って書いてある」

そんな話し声がしたかと思うと、二人の男が姿を現した。

「いらっしゃいまし」

桜吉がまず声を発した。

「あの、ここはのどか屋さんで？」

「さようでございます。お泊まりでしたら、ちょうど一部屋空いておりますが」

おちよが如才なく言った。

「おお、そりゃ良かった」

「頼みます」

客はほっとしたような顔つきになった。

「では、ご案内いたしますので」

おちよはのれんをしまってから言った。

一階の部屋に荷を下ろした客は、小料理屋の一枚板の席に陣取った。

飯は食べてきたから、冷や酒に奴豆腐くらいでいいらしい。

聞けば、木更津から江戸見物に来たという話だった。いちばんのお目当ては浅草寺の観音様らしい。

「そちらも観音詣でですか」

「うちは飯能で秩父に近いので、そちらの札所は回ったんですが」

座敷の客が話しかけてきた。

「さようですか。木更津にも高蔵寺という札所がありますので」

「いずれお越しくださいましな」

そんな按配で、客同士はすぐさま打ち解けた。

「ときに、おかみ。こちらの跡取り息子さんはえらい働きだったそうだね」

木更津の客が言った。

「なんだかそうみたいですね。ありがたいことで」

おちよは軽く両手を合わせた。

「刺股を振り回して、悪いやつらを次々にひっ捕まえたとか」

「さ、刺股？」

　おちよは目を丸くした。

「それは、おやじさんとごっちゃになったのではないでしょうか」

　桜吉はおずおずと言った。

「いや、たしかに千吉という坊が盗賊の判じ物を見破って……」

「ええ、そこまでは聞いてるんですが」

　と、おちよ。

「刺股を振り回して捕り物をやったと、もっぱらのうわさですよ」

　木更津から来た客が言った。

「そんな、武蔵坊弁慶（むさしぼうべんけい）じゃないんですから」

　おちよはそう言ってふき出した。

「坊はいくつです？」

　飯能の客が問う。

「数えで十一ですが、満ではまだ九つなので」

　おちよは答えた。

「ああ、それはいくらなんでも無理ですね」

「話に尾ひれがついたんでしょう」

そんな按配で、のどか屋に和気が漂った。

何にせよ、無事で良かった、とおちよは思った。

妙に気がかりな夢を見たから、あわてて出世不動へお参りに行った。その祈りが通じたのかもしれない。

ちょうどちのが通りかかった。

「通じたのよね」

小声で言うと、茶白の縞猫はいい声で、

「にゃあ」

と、ないた。

九

「それはそれは、お手柄だったたね」

名倉の若先生が白い歯を見せた。

土産を渡し、ひとわたりいきさつを伝えたところだ。

ちなみに、土産は小金宿で買ったその名も小金焼きだった。小さな小判をかたどった薄焼きせんべいで、なかなかに香ばしい。

「おかげさまで」

千吉は殊勝に頭を下げた。

ゆうべ松戸の宿で「天狗になるな」と説教したおかげかもしれない。時吉はそう思った。

隠居はひと足先に柳屋へ向かっている。顔の広い俳諧師だから、千住宿にも知り合いがいくたりかいるようだ。

「街道筋でずいぶん評判にしていただいているようです。なかには、千吉が立ち回りまでやったと思っている人もいるとか」

時吉は告げた。

「あはは。そのうち、本当に立ち回りができるようになるよ」

若先生が言った。

「うん、こうやって」

千吉は手を振り上げて妙なしぐさをした。

療治の邪魔をしてはいけないからほどなく腰を上げ、時吉と千吉は柳屋に向かった。

なじみの旅籠でも千吉の話で持ち切りだった。

うわさを聞いたほかの泊まり客が、ほまれのわらべの顔を次々に見にきたほどだ。

料理も次々に出た。

名物の鰻料理に加えて、尾頭付きの鯛や紅白の蒲鉾などの縁起物がどんどん運ばれてきたから、時吉が「もうこのへんで」と止めに入ったほどだった。

「ほかに、甘いものもございますが、いかがいたしましょう」

おかみがにこやかに問うた。

「もうおなかいっぱい……だけど」

千吉が時吉の顔を見た。

「甘いものは別腹だと言うからな」

「うん」

そんなわけで、餡がたっぷり入った大福餅とみたらし団子が運ばれてきた。何から何まで椀飯(おうばん)ぶるまいだ。

そのうち、あるじもあいさつに来た。

「あつかましいようですが、あっぱれの千吉ちゃんに、当宿のしるしになるものを頂戴できればと存じまして」

　したたるような笑みを浮かべて、あるじは厚めの紙を差し出した。

　筆の用意もある。

「何か書くの？」

　千吉が問うた。

「ええ。何でもよろしいのですが」

　と、あるじ。

「発句を書いてやったらどうだい」

　隠居が水を向けた。

「でも、千吉の字だとはみ出しますから」

　時吉が止める。

「なら、味醂は？」

　千吉が問うた。

「『みりん』って書くのか？」

　時吉はいぶかしげな顔つきになった。

「ううん、『天晴』」

千吉は秋元家自慢の味醂の名を出した。

「ああ、それはいいね」

隠居がすぐさま言った。

「よろしいですか？」

時吉があるじにたずねた。

「ええ。お名の『千吉』もぜひ」

あるじは手つきを添えて言った。後で客に吹聴（ふいちょう）するつもりらしい。

「うん、分かった」

千吉は元気よく言うと、すでに墨を含んでいた筆を取った。

天晴
　　千吉

天も吉も横棒の長さが逆で、お世辞にもうまいとは言えなかったが、妙な味がなくもない書だった。

「できた」

千吉があるじに渡す。

「ありがたく存じます。家宝にいたします」

旅籠のあるじはうやうやしく受け取った。

十

翌日の中休み――。

おちよは少し眠っただけで飛び起きた。上で眠っていたゆきがあわてて逃げる。

「どうしました？　おかみさん」

おけいがたずねた。

おちよは軽く首を振った。

そのとき、声がかすかに聞こえてきた。

「あっ」

おそめが気づいた。

おちよはあわてて髷を直して立ち上がった。

「お戻りですね」

厨で仕込みをしていた桜吉が言った。

「帰ってきたよ、のどか」

動きがとみに物憂げになってきた守り神に、おちよは声をかけた。

「長かったあっぱれ街道も、ここで終わりだね」

駕籠を下りた隠居が言った。

「ああ、帰ってきた」

千吉が両手を広げて息を吸う。

いくらか離れたところで駕籠の支払いを済ませた時吉は、目になじんだのれんを見た。

「あっ、おかあ」

先に千吉が声をあげた。

おちよが笑顔で手を振る。

おけいとおそめ、それに桜吉も迎えに出てきた。

表では黒猫のしょうがよその猫とたわむれている。いつもののどか屋の見世先だ。

時吉は右手を挙げた。

「お帰りなさい」

おちよのあたたかい声が響いた。

第十一章　流山(ながれやま)ほまれのその名いつまでも

一

かわら版だ。

長吉がそう言って、一枚の刷り物をあらためて見た。

「おれも鼻が高えぜ」


あっぱれの千吉の話を聞いたかわら版屋が、さっそくのどか屋へ聞き込みに来た。

ちょうど隠居もいたから、歌仙の判じ物も含めて事細かに伝えておいた。

かわら版屋は仕事が早い。千吉の似面(にづら)まで入った刷り物は、ほどなく江戸の衆の手に渡った。

「これは恰好の引き札になるね」

隣で隠居が笑う。

「また天狗にならなきゃいいんですけど」

時吉が厨で苦笑いを浮かべた。

「大丈夫さ。一度言われたら、すぐ呑みこむ子だから」

隠居が太鼓判を捺した。

千吉はおそめとともに両国橋の西詰へ呼び込みに出ている。そろそろ戻ってくる頃合いだ。

「ところで、おとっつぁん、桜吉さんはいつ茅ヶ崎へ？」

おちよが問うた。

「おう。田舎に帰って見世を開くにしても、仕入れやら何やら、いろいろと覚えなきゃならねえことはあるさ。そこんとこをいま教えてるから、終わり次第あいさつに来させるぜ」

長吉は答えた。

「それにしても、さすが餅は餅屋だねえ。うまく下駄を履かせながら、まるで見てきたかのように書くじゃないか」

いくらか離してかわら版を見ながら、隠居が言った。

こんな文面だった。


さては神の子か。

はたまた千里眼か。

盗賊の折りこみし「たうぞく」の判じ物を見破りしは、あらうことか、いまだ十にならざるわらべなりき。

驚くべし、千吉。

末はいかなる偉人になるやらん。


「本当に偉人になるかもしれねえぞ」

孫に甘い長吉が言った。

「のどか屋の跡を継いでもらわないと」

と、おちよ。

「いずれにしても、楽しみですね」

土間を掃いていたおけいが横合いから言った。

「いくら引き札になると言っても、ここの名を出したら大変なことになったかもしれないね」

隠居が一枚板を指さした。

置かれているのは穴子と胡瓜（きゅうり）の酢の物だ。この取り合わせが存外に合う。

「お客さんに来ていただくのはありがたいのですが、そのせいでご常連さんが泊まれなくなってしまったら困りますから」

鱚を開きながら、時吉が言った。

「そいつぁ、いい料簡だな」

長吉の目尻にいくつもしわが浮かんだ。

そのとき、表がにわかににぎやかになった。

千吉とおそめが客をつれて戻ってきたのだ。

二

「いらっしゃいまし」

「ようこそのお越しで。いまお荷物を運びますので」

女たちがてきぱきと動いた。

「初めからうわさののどか屋に泊まるつもりで佐原から来たら、当の坊が客引きをしてたんで」

「まさに渡りに船でしたよ」

二人の客が笑顔で言った。

「まあ、佐原にまでうわさが？」

おちよが目を丸くした。

「あっぱれの千吉と言えば、いま関八州でいちばん名がとどろいてますから」

客が大仰な身ぶりをした。

「ええもんだな」

半ば真に受けて、長吉が言った。

「今日も繁盛だよ」

千吉が笑う。

「ほんと、千ちゃんのおかげで」

一緒に呼び込みへ行ったおそめも笑顔で言った。

客の案内が終わった頃合いに、岩本町の二人がやってきた。

湯屋のあるじの寅次と、野菜の棒手振りの富八だ。

「湯屋でも千坊の話で持ち切りだぞ。ま、おいらが広めてんだが」

岩本町の名物男が言った。

「昨日は建て直した『小菊』にまで出張っていって、客に自慢してたんでさ」

富八が告げた。

また大火で難を受けてしまった岩本町だが、町の人々は持ち前の明るさで元気を取り戻しているようだ。

「足も良くなったことだし、こんな調子でほうぼうへ出かけていけばいいやね」

長吉が孫に言った。

「うん」

ゆきに猫じゃらしを振って遊びながら、千吉がうなずく。

「行き先々でおいしいものを食べたら、舌の肥やしになるしね」

隠居が笑みを浮かべる。

鱚天が揚がった。千吉が好きな蓮根も控えている。富八が運んできた野菜のかき揚げもある。しばらくは鍋がいい音を響かせつづけた。

「はい、お遊びは終わり」

猫たちをじゃらしてやっていた千吉が、ひもの付いた棒をしまった。

そこで二階の客が入ってきた。

近くに湯屋はあるかと問う。

「ちょいと歩きますが、江戸一の湯屋がありまさ」

寅次がそう言って、さくっと蓮根の天麩羅をかんだ。

「大きく出たね」

と、隠居。

「そうかい。どこだい?」

佐原の客がたずねた。

湯屋のあるじは、歌舞伎(かぶき)役者が見栄(みえ)を切るように答えた。

「踏まれても踏まれても、焼かれても焼かれても立ち上がる岩本町で」

三

流山からほうびが届いた。

天晴味醂の一斗樽だ。

むろん、品だけではなかった。外回りのあきないを受け持つ吉右衛門と、番頭の幸次郎ものどか屋の客になった。

「ほら、新しい樽が来たよ」

　おちよがのどかに示した。

　この夏を越せるかどうかと案じていた老猫だが、どうにか大丈夫そうだ。

　これは何かにゃ、とばかりに匂いをかいでいたのどかは、ひとしきり身をこすりつけると、ひょいと飛び乗って寝てしまった。

「使うときは起こすからな」

　時吉が声をかける。

　尻尾だけが物憂げに動いた。

　ほどなく、外で朋輩と遊んでいた千吉が戻ってきた。

「あっ、ようこそのお越しで」

「おお、いいあいさつだ」

「ご無沙汰だったね」

　流山の二人が笑う。

「『天晴』の樽があったよ。のどかが寝てるけど」

　千吉が表を指さした。

「ほうびの品を運んできてくださったの」

と、おちよ。

「運んだのは荷車引きだけどね」

吉右衛門が千吉に言った。

「こうして樽を置いてみると、いい引き札になります」

幸次郎も和す。

「これから料理に使わせていただければ、なおさら引き札になるでしょう」

厨から時吉が言った。

その料理は、七つごろから次々に出た。

まずはきんぴら牛蒡だ。しんなりとしてきたところで、醤油と味醂と酒を合わせたたれを回し入れる。小口切りの唐辛子の辛みに、白胡麻の風味。そのいずれをも活かすのが天晴味醂だ。

煮物にも味醂は欠かせない。食材の甘みをも引き出すのが天晴味醂の底力だ。

ちょうどいい按配に、あんみつ隠密と万年同心がやってきた。

「おっ、間(ま)がいいな。天晴味醂の初日かい」

安東が笑みを浮かべた。

「たんとあるので、そのまま呑まれますか」

　時吉が水を向けた。

「そうだな。砂糖もまぜてくんな」

　あんみつ隠密がそう言ったから、万年同心がうへえという顔つきになった。

「このたびの一件は、もうきりがついたんですか？　旦那」

　おちよがたずねた。

「おう。風流の松造はあるじに刺股でなぐられて遅まきながら目が覚めたのか、すっかり観念して洗いざらい吐きやがった」

　安東満三郎が答えた。

「ただ、おれみてえな風流な盗賊は二度と出ねえから、芝居にしてくれとかぬかしてやがるそうで」

　万年同心が苦笑いを浮かべた。

「お芝居にするの？　平ちゃん」

　千吉が気安く問う。

「千坊ならともかく、松造を主役にしたってだれも見やしねえや」

　万年平之助が答えた。

「ま、いろいろきりがついて万々歳だ」

あんみつ隠密はそう言うと、砂糖入りの味醂を口に運んだ。

聞けば、わざと海難事故を起こし、荷を売りさばいていた菱垣廻船の船長と水主も捕まったらしい。あんみつ隠密が流山から行徳に向かったのは、その後始末のためだったようだ。

そこで流山の二人が湯から戻ってきた。

「お、さっそく呑んでるぜ」

あんみつ隠密が湯呑みをかざした。

「ありがたく存じます」

「お味はいかがでしょう」

味醂づくりたちの問いに、整ってはいるがなかなかいない異貌の男は、ひと息置いてから笑って答えた。

「うん、甘え」

四

　翌日——。

　これから昼膳が始まるという頃合いに、二人の男がのれんをくぐった。

「いらっしゃい……あら」

　おちよの顔つきが変わった。

「お世話になりました、おかみさん」

　重そうな荷を背負ってそう告げたのは、桜吉だった。

「いよいよ茅ヶ崎に帰ることになったんで、あいさつにつれてきたんだ」

　長吉が言った。

「そうかい。達者でな」

　時吉が笑みを浮かべる。

「はい。親の面倒を見ながら、ぼちぼちやりますんで」

「昼膳、食べていくか？」

「では、最後の勉強にいただきます」

桜吉は如才なく言った。

朝は例によって豆腐飯だが、昼は茶飯にした。これに鱚の一夜味醂干しに野菜の煮物や奴豆腐などがつく。にぎやかで身の養いになる膳だ。

本場流山、天晴味醂使用
あっぱれ膳

おちよがさっそく貼り紙を出してある。

「江戸の料理の食い納めだな」

長吉が言った。

「へい……うまいです」

ひと口ひと口、かみしめるように桜吉は食していた。

最後に汁を呑み干す。

青菜も入った具だくさんの汁だ。夏向けに白がちの味つけにしてある。赤味噌より白味噌のほうが多いのが白がちだ。

ほっ、と一つ、桜吉は息をついた。

「もう思い残すことはないか？」

長吉が問うた。

桜吉はうなずいてから答えた。

「あとは、おいらがつくって喜んでもらうほうに回るだけで」

引き締まったいい顔つきだった。

「その意気だ。気張ってやってくれ」

時吉は笑って励ました。

「ありがたく存じます。なら、千坊によろしく。機があったら茅ヶ崎に来てくれと」

千吉は寺子屋に行っている。桜吉は伝言を頼んだ。

「分かりました。伝えておきます」

おちよが請け合う。

「これでさよならだ。長生きするんだぞ」

天晴味醂の樽の上で寝そべっているのどかの首筋を、猫好きの桜吉はやさしくなでてやった。

「達者で」

長吉が短く言う。

「承知で」

弟子もひと言だけ答えた。

そして、何かを思い切るようにきびすを返し、のどか屋から出ていった。

五

「このたびは、あきないも滞りなく進みました」

吉右衛門がのどか屋の見世先で言った。

「味醂の引き札にもなりました」

幸次郎が「天晴」の樽を指さして笑みを浮かべた。

桜吉が茅ヶ崎へ旅立った翌日の昼過ぎだ。

「六代目にもよろしくお伝えくださいな」

隠居が温顔で言った。

「承知しました」

「ご隠居もお元気で」

味醂づくりが言う。

「味醂はまだまだありますので、おいしい料理をつくらせていただきます」

時吉が二の腕をぽんとたたいた。

「気張ってつくるよ」

手習いから帰ってきたばかりの千吉の声が弾んだ。

「千坊に使ってもらったら、味醂も喜ぶよ」

吉右衛門が言った。

「蔵人たちにも伝えとくからね」

幸次郎も言った。

「そうそう、餞別じゃないんだが」

隠居がそう言って、一枚の短冊を取り出した。

「それは、発句ですね？」

吉右衛門が覗きこむ。

「六代目に付けてもらおうと思ってね」

季川はそう言って、達筆でしたためたものを渡した。


流山（ながれやま）ほまれのその名いつまでも

「たしかに」

吉右衛門がうやうやしく受け取った。

「これも家宝になりますね」

幸次郎も笑みを浮かべた。

「では、また江戸へ出てきたときに」

吉右衛門が右手を挙げた。

「付け句を待ってますよ」

季川の白い眉がやんわりと下がった。


次に二人がのどか屋に泊まったとき、六代目三左衛門の付け句が届けられた。

　横山町ののどか屋もまた

のどか屋というほまれの名もいつまでもつづく。

そういう手堅いあいさつの句だった。

流山の味醂づくりは、その後も順調につづいた。

秋元三左衛門の「天晴」と堀切紋次郎の「万上」。

両大関の名は、やがて日本ばかりでなく世界にまでとどろいた。

慶応三年（一八六七）、日本はパリの万国博覧会に初めて参加する。明治六年（一八七三）のウイーン万国博覧会には、日本政府として公式に参加し、のちの本邦での博覧会開催のモデルとなった。

このウイーン万博に「天晴」も「万上」も出品し、見事、有功賞牌を授与された。日本の味醂の味が世界に認められたのだ。

その後も二つの銘柄は、ともに競い合うようにして出品をつづけた。大正に入っても、サンフランシスコ・パナマ太平洋万博で、「天晴」と「万上」はともに名誉のメダルを獲得した。

国内でも、万国博覧会に範を取った内国勧業博覧会が催された。殖産興業のために五回行われたこの催しでも、「天晴」と「万上」は両大関の地位を維持した。

時は流れた。

経営の母体は変わったものの、「万上みりん」はいまも商品の名に残っている。

一方、「天晴みりん」は一時期とぎれていたが、味醂の醸造メーカーの提案により、平成二十七年に復活した。

流山の人々は、ほまれの味醂の名の復活をこぞって祝した。

「天晴」と「万上」。

各地の博覧会で多数の賞を獲得してきた両大関が戻ってきたのだ。

六

再び、江戸の世――。

茅ヶ崎に帰った桜吉は、海辺の松林に守られたところに、小さな見世を開いた。

看板には、こう記されていた。

網元料理　えぼし屋

あたたかな色合いののれんには、丸に「え」と染め抜かれていた。のどか屋の「の」にならったのだ。

網元を継いだ兄が毎朝獲ってくる魚を、桜吉は江戸仕込みの腕でさばいて供した。

えぼし屋の自慢は、その盛りの良さだった。

海を見やれば必ず見える烏帽子岩をかたどって、飯も肴も惜しまず盛った。

烏帽子盛りだ。

おかげで、地元の漁師たちばかりでなく、街道筋からいくらかそれてわざわざ足を運んでくれる客も増えた。

「大山詣（おおやままもう）での帰りに寄るなら、えぼし屋だぜ」

「海も富士山も見えて、景色もいいぞ」

「何より魚がうめえ」

「しらす丼が絶品でよ」

口から口へと評判が伝えられ、えぼし屋は長く繁盛した。

世話をしていた父親をあの世へ送ったあと、桜吉は身を固めた。

気立てのいい女房は働き者で、えぼし屋のおかみとして見世をよく切り盛りした。

桜吉とのあいだには次々に子が生まれた。やがて大きくなった子供たちは、見世の手伝いをするようになった。

見世が忙しいからごくまれにだが、桜吉は子をつれて江戸見物に行った。

泊まる宿は決まっていた。

もちろん、横山町ののどか屋だった。

「ご無沙汰でした」

満面の笑みで、干物などの土産をいっぱい持って、桜吉はのどか屋ののれんをくぐった。

終章　光あれ恵みの水はかなたより

一

「天狗になっていませんでしょうか、千吉は」

一枚板の席の客に向かって、時吉はたずねた。

春田東明だ。

「いえ」

背筋の伸びた儒学者は、すぐさま答えた。

「かわら版にのったのは、内心は自慢そうでしたが、それを鼻にかけることもなかったので感心させられたほどです」

「そうですか。それを聞いてほっとしました」

時吉は笑みを浮かべた。

「ご安心ください。むやみに慢心するような子ではありませんから」

東明は太鼓判を捺した。

「千坊なら、この先も安心だよ」

その隣で隠居が言う。

話題になっている千吉は、今日は呼び込みではなく、大松屋の升造たちに誘われて、大川端へ遊びに行った。

「川へ落ちたりしないように気をつけるのよ」

おちよがそう言って送り出して、四半刻（しはんとき）（約三十分）ほど経ったところだ。

そのおちよは猫の世話をしていた。

「ちょっと食べたね。いい子だね」

めっきり食が細くなったのどかの首筋をなでてやる。

守り神もだいぶ弱ってきたから心配だが、その日その日、暇があれば皆でなでてやっている。のどかも目を細め、のどを鳴らして応えていた。

「長生きするのよ、のどか」

おけいも声をかける。

娘のちのもいい歳だが、何がなしに案じ顔でのどかのほうを見ていた。

「生きとし生けるものには寿命がありますからね」

春田東明が妙にしみじみと言った。

「わたしもそろそろお迎えだから」

と、隠居。

「そう言いながら、もう十年くらい経ってますよ」

時吉はそう言って、見世仕込みの蒲鉾(かまぼこ)を切った。

蒸しあがったばかりだから、まだぷりぷりしている。山葵醤油で食べるとことのほかうまいし、細かく切って焼き飯にまぜてもうまさが引き立つ。

意外にうまいのが蒲鉾寿司だ。ここでも山葵を効かせる。天麩羅もひと味変わったおいしさだ。

「しかし、こういうことを言うのはどうかと思われるかもしれませんが、生けるものには寿命があるがゆえに、この世は豊かになるのではないでしょうか」

儒学者が言った。

「大川の水と同じだね」

隠居が猪口を置いた。

「と言いますと？」

時吉が訊いた。

「同じ水が同じところにとどまっていたら、きれいな景色にはならない。水が入れ替わり立ち替わり流れていくからこそ、折々の季の姿を見せながら、大川はあんなにも美しいのじゃないのかねえ」

隠居の言葉に、おちよがうなずく。

「まったくそのとおりだと思います」

東明が言った。

「かつて青々と実る田を見ているとき、ふと思い当たったことがあります。この先祖伝来の田は、人々が生き代わり死に代わりしながら打ってきた田んぼなのだと。その思いがこもっている田であるからこそ、こんなにも美しいのだと」

儒学者は涼やかな目で瞬きをした。

「のどか屋ののれんも、そうやってつづいていけばいいですね」

時吉が言った。

「とりあえず、千坊がちゃんと継いでくれるさ」

と、隠居。

「そのときまで、しっかりしていないと」

　おちよがおのれに言い聞かせるように言った。

「……光あれ恵みの水はかなたより」

　隠居がふと思いついたらしい発句を口にした。

「恵みの水は次々にかなたから流れてまいりますね。いくたりものわらべの笑顔を映しながら」

　春田東明が言った。

　それを聞いた時吉とおちよの脳裏に、千吉の笑顔が同時に浮かんだ。

二

　千吉は懸命に大川端を走っていた。

「速くなったなあ、千ちゃん」

　朋輩の升造が感心したように言った。

　升造が跡取り息子の大松屋は火事でやられた内湯が直り、あきないはすっかり旧に復している。

「でも、升ちゃんにはかなわないよ」

千吉は止まって、ひざに手をやった。

「おっ、やってるな」

屋台をかついできた男が笑った。

もとは素人噺家の浅草亭夢松。いまは大川端名物の翁蕎麦の屋台をかつぐ元松親分だ。ひょんな成り行きから、お上の十手も預かっている。

「あ、おじちゃん」

千吉は笑みを浮かべた。

「かわら版、読んだぜ。えれえ働きだったな」

元松も破顔一笑する。

「おじちゃんも巾着切りを捕まえたって聞いたよ」

千吉が言った。

万年同心が、このあいだのどか屋で親分の手柄を伝えていた。

「たまたま屋台のほうへ逃げてきたからさ。千坊の手柄と比べたら、足もとにも及ばねえ」

元松の言葉を聞いて、千吉は素直にうれしそうな顔つきになった。

「なら、もういっぺん、あの松のところまで」

升造が大川のほうへ張り出した枝ぶりのいい松を指さした。

「でも、何べんやっても升ちゃんにはかなわないよ」

千吉はあいまいな表情で告げた。

「だったら、十数えるまで待つよ」

升造が案を出した。

「おう、それでいい勝負になるな」

元松親分が笑みを浮かべる。

「うん、やってみる」

千吉は急に乗り気になった。

「よし、おいらが数えてやろう。いいか？」

元松が右手を挙げた。

「うんっ」

二人のわらべが並んだ。

「いいか？」

元松が問う。

「うん」

「いいよ」

わらべの顔が引き締まった。

「……よし、始めっ」

親分が手を振り下ろした。

千吉が走りだす。

「一、二、三、四……」

一つ数えられるごとに、千吉は着実に松へ向かって走っていった。

「うわあ、追いつかない」

「……九、十」

元松は両手を打ち鳴らした。

「待てえ」

升造も走りだした。

一度振り向いて差をたしかめると、千吉はまた腕をしっかり振って駆けだした。

厳しかった夏の光もようやくやわらいできた。

その御恩(ごおん)の光を受けて、松の緑が鮮やかに輝く。

ほどなく、その木陰に、千吉が先にたどり着いた。

「勝ったよ！」

のどか屋の跡取り息子の明るい声が、大川端に高らかに響いた。

[参考文献一覧]

『流山市立博物館調査研究報告書22　流山の醸造業II【本文編】』（流山市教育委員会）
『復元・江戸情報地図』（朝日新聞社）
日置英剛編『新国史大年表　五-II』（国書刊行会）
今井金吾校訂『定本武江年表』（ちくま学芸文庫）
西山松之助編『江戸町人の研究　第三巻』（吉川弘文館）
「一茶双樹記念館」パンフレット
「下総流山根郷浅間神社」パンフレット
流山市ホームページ
志の島忠『割烹選書　夏の献立』（婦人画報社）
志の島忠『割烹選書　酒の肴春夏秋冬』（婦人画報社）

田中博敏『お通し前菜便利集』(柴田書店)
畑耕一郎『プロのためのわかりやすい日本料理』(柴田書店)
『和幸・高橋一郎の旬の魚料理』(婦人画報社)
野﨑洋光『和のおかず決定版』(世界文化社)
道場六三郎『鉄人のおかず指南』(中公文庫ビジュアル版)
『一流板前が手ほどきする人気の日本料理』(世界文化社)
『人気の日本料理2　一流板前が手ほどきする春夏秋冬の日本料理』(世界文化社)
『一流料理長の和食宝典』(世界文化社)
金田禎之『江戸前のさかな』(成山堂書店)
鈴木登紀子『手作り和食工房』(グラフ社)
料理＝福田浩、撮影＝小沢忠恭『江戸料理をつくる』(教育社)
土井勝『日本のおかず五〇〇選』(テレビ朝日事業局出版部)
大田忠道『四季の刺身料理』(旭屋出版)

時代小説
二見時代小説文庫

あっぱれ街道　小料理のどか屋 人情帖21

著者　倉阪鬼一郎

発行所　株式会社 二見書房
東京都千代田区三崎町二ー一八ー一一
電話　〇三ー三五一五ー二三一一［営業］
　　　〇三ー三五一五ー二三一三［編集］
振替　〇〇一七〇ー四ー二六三九

印刷　株式会社 堀内印刷所
製本　株式会社 村上製本所

落丁・乱丁本はお取り替えいたします。
定価は、カバーに表示してあります。

ISBN978−4−576−17159−3
http://www.futami.co.jp/

和久田正明

地獄耳 シリーズ

①奥祐筆秘聞
②金座の紅
③隠密秘録
④お耳狩り

飛脚屋に居候し、十返舎一九の弟子を名乗る男、実は奥祐筆組頭・烏丸菊次郎の世を忍ぶ仮の姿だった。情報こそ最強の武器！　地獄耳たちが悪党らを暴く！

二見時代小説文庫